Johannes Hahnefeld

Das Stählerne Band

Kriminalroman

www.schreibstubeampark.de

Bibliografische Information der Deutschen Nationalbibliothek
Die Deutsche Nationalbibliothek verzeichnet diese Publikation in der Deutschen Nationalbibliografie; detaillierte Daten sind im Internet über http://dnb.dnb.de abrufbar

1.Auflage als Print-Buch 2016

Der Autor Johannes Hahnefeld wird unterstützt durch
Polizeipoeten e.V. , www.polizei-poeten.de

Parkstraße 14, 41334 Nettetal
www.schreibstubeampark.de
info@schreibstubeampark.de

Herstellung und Druck:
Siehe Eindruck letzte Seite
Amazon Europe CreateSpace

ISBN: 978-3-00-051983-3

Johannes Hahnefeld

Das Stählerne Band

Kriminalroman

www.schreibstubeampark.de

Ein besonderer Dank an:

Moni, Benji, Hans Kohnen, Hans Hoeke
Polizeipoeten e.V.

Lieber Stefan,

lass Dich mörderisch
unterhalten.

Viel Spaß!

Liebe Grüße

Johannes [illegible]

Sie stellten den Wagen auf dem Parkplatz der Diskothek ab und gingen die Straße entlang. Um diese Zeit war nicht mehr damit zu rechnen, dass jemand auf sie achtete. Zu groß war der Andrang der Leute, seit diese Vergnügungsmeile eröffnet hatte. Es störte hier niemanden, dass Besucher herumbrüllten oder sich laut auf der Straße unterhielten und ständig Fahrzeuge an- und abfuhren. Eine Bürgerinitiative hatte sich durchgesetzt, das Tanzlokal an den Rand des Gewerbegebietes zu legen und nahm billigend in Kauf, dass die wenigen Anwohner sich beschwerten. Das weitläufige Gelände der Ziegelei war zum größten Teil unbeleuchtet. Hinter den Lager- und Produktionshallen waren große Mengen von Ziegeln auf Paletten gestapelt und warteten nur noch darauf, mit Gabelstaplern auf LKW verladen zu werden. Ohne Hast gingen Rolf und Mathias am Haupteingang vorbei und bogen in die Lieferantenzufahrt ab. Eine Laterne warf ihr mattes Licht auf das Fenster der Buchhaltung neben dem Hintereingang. Wie abgesprochen hielten sie inne und duckten sich in den Schatten der Hauswand, als aus der Nähe das Geräusch eines startenden Motors ertönte, sich aber schnell in entgegengesetzter Richtung entfernte.

„Das dritte Fenster muss es sein“, flüsterte Rolf.

Er deutete mit der Hand auf einige Paletten, die offensichtlich dort zufällig zwischengelagert waren.

„Los steig da rauf. So können wir besser arbeiten“, fuhr er Matthias schroff an.

Der nickte nur und kletterte flink wie ein Wiesel hinauf. Er zog ein spitzes Werkzeug aus seiner Jackentasche und setzte es fachmännisch als Hebel unterhalb der Fensterverriegelung

an. Mit einem kräftigen Ruck flog der Fensterflügel nach innen. Matthias hielt inne und horchte.
„Es ist alles ruhig. Mach schon!", flüsterte Rolfs Stimme ungeduldig von hinten.
Geschmeidig wie eine Katze zog sich Matthias am Fensterbrett hoch und schwang sich in den Raum. Durch das brachiale Aufhebeln des Fensters waren zwei Blumentöpfe von der Fensterbank auf den Fußboden gefallen und zersplittert. Hastig schob er die Scherben mit dem Fuß an die Seite. Rolf folgte ihm und stand im Nu mit der Taschenlampe in der Hand neben ihm im Raum. Im Lichtstrahl erkannten sie Büroschränke und Schreibtische.
„Das müsste die Registratur sein", vermutete Rolf.
„Komm! Erst sehen, ob die Luft rein ist", wies er ihn an und ging zielstrebig auf die Bürotür zu, um sie zu öffnen.
„Habe ich mir gedacht", sagte er schadenfroh, zog ein Stemmeisen aus dem Rucksack, setzte es an und hebelte mit aller Kraft, bis das Holz der Türe ächzte und schließlich splitternd nachgab.
„Wo geht es hier hin?", fragte Matthias unsicher.
„Werden wir sehen", antwortete Rolf schroff und trat in den Flur, der bis auf eine Notbeleuchtung dunkel vor ihnen lag. Nach wenigen Metern erreichten sie den Hinterausgang des Gebäudes, der auch als Notausgang benutzt wurde. Ein Lächeln huschte über Rolfs Gesicht.
„Habe ich mir gedacht. Die haben den Schlüssel von innen stecken lassen".
Er drehte den Schlüssel im Schloss und öffnete die Türe.
„Willst Du schon gehen?", fragte ihn Matthias verwundert.
„Quatsch. Nur für alle Fälle. Damit wir schnell hier raus kommen. Man kann ja nie wissen", grinste er.
„Dann wollen wir mal sehen, was wir Schönes finden", sagte er und ging zurück zur Buchhaltung.

Es fiel auf, dass Rolf abgebrüht und nicht zimperlich vorging, denn in Windeseile öffnete er Schränke und Schubladen, suchte an bestimmten Stellen oder ließ Gegenstände einfach auf den Boden fallen und dort liegen. In einem Schubfach wurde er fündig.

„Na also. Da ist er ja".

„Was hast Du gefunden?", fragte Matthias neugierig.

„Na was schon? Den Schlüssel vom Geldschrank. Wollen mal sehen, was denn da drinnen ist!"

Mit einem satten Geräusch drehte sich der Doppelbartschlüssel im Schloss der schweren Türe. Rolf drehte das Rad, damit das Riegelwerk den Weg zum Inhalt des Schrankes freigab. Ein Grinsen machte sich im Gesicht von Matthias breit, als er sah, dass Rolf mit mehreren Handgriffen die Geldstapel in den Rucksack verpackte.

„Mein lieber Mann, das hat sich aber gelohnt. Was meinst Du, wie viel ist es?", fragte er neugierig.

„Kann ich noch nicht sagen. Ich denke, dass wir uns jetzt vom Acker machen. Das sollte für heute reichen", schlug er vor.

Matthias nickte. Sie verließen die Registratur und gingen durch den Flur zum Hinterausgang. Sorgsam schloss Rolf Breitner die Türe von außen ab und ließ den Schlüssel in seiner Tasche verschwinden. Die milde Nachtluft tat gut. Als sie die Straße erreichten, fing es an zu regnen. Schweigend gingen sie nebeneinander her. Alles blieb ruhig. Niemand hatte sie bemerkt.

„Ich würde vorschlagen, wir fahren zu Rosa und nehmen uns einen zur Brust. Was hältst Du davon?", fragte Rolf grinsend.

„Keine schlechte Idee. Ich könnte jetzt einen gebrauchen", erwiderte Matthias sichtlich erleichtert.

Sie erreichten den Parkplatz und stiegen in den Wagen. Der einsetzende Regen sorgte dafür, dass die meisten Besucher so schnell wie möglich das Vordach des Haupteinganges anstrebten. Niemand nahm Notiz von ihnen, als Rolf in aller Ruhe den Wagen startete und vom Parkplatz fuhr.
„Sag mal", begann Matthias zögerlich. „Macht Dir das überhaupt nichts aus?"
Rolf schaute ihn verwundert an.
„Was? Was soll mir was ausmachen?", frage er erstaunt nach.
„So ein Coup. Macht Dir das nichts aus?"
Rolf fingerte eine Zigarette aus der Packung und zündete sie an. Im Licht des Feuerscheins sah Matthias, wie er die Zigarette zwischen den Zähen festhielt und grinste.
„Ne, so `n Coup macht mir nichts aus. Ist das schlimm? Sollte es das etwa?"
Er nahm die Zigarette aus dem Mund und blies ihm provozierend den Rauch ins Gesicht.
„Nein, ich befürchte nur, dass die Polizei jetzt hinter uns her ist", murmelte er besorgt vor sich hin.
Rolf ignorierte seinen Einwand.
„Warte, bis wir bei Rosa sind. Dann lassen wir es uns gut gehen. Du wirst sehen", antwortete Rolf lapidar.
Er bog auf die Hauptstraße ab und hielt den Wagen vor einer roten Ampel an. Im Rückspiegel bemerkte er in einer Seitenstraße einen Funkstreifenwagen, der hinter ihnen auf die Straße bog und in einem Abstand folgte. Rolf nahm den Fuß vom Gaspedal und fuhr provokativ mit vorgeschriebener Geschwindigkeit, immer den Blick auf den Rückspiegel und die Tachonadel gerichtet. Matthias drehte sich aufgeregt um. „Was ist das denn jetzt?", fragte er sichtlich nervös. „Bleib ruhig und werde nur nicht hektisch!", mahnte ihn Rolf.

Das Polizeifahrzeug schloss auf und überholte ihren Wagen. Als es auf gleicher Höhe war, wurde ihnen ein Haltezeichen gegeben. Ein Beamter stieg aus, setzte eine weiße Mütze auf und kam auf den Wagen zu. Ein zweiter Polizist blieb neben der Beifahrerseite stehen.

„Guten Abend. Das ist eine Polizeikontrolle!“, sagte der junge Beamte in freundlichem Ton.

„Haben Sie Ihre Fahrzeugpapiere dabei?“

Natürlich!“, antwortete Rolf Breitner und zog seine Brieftasche aus der Jacke.

Matthias saß wie zu einer Eissäule erstarrt und bewegte sich nicht.

„Habe ich etwas falsch gemacht?“, fragte Rolf mit aufgesetzt sorgenvollem Gesicht.

„Nein mein Herr, es ist lediglich eine Routinekontrolle. Haben Sie Alkohol getrunken?“

„Nein, noch nicht. Aber wir sind auf dem Weg. Wir haben nach anstrengender Arbeit beschlossen, uns noch ein Bier zu gönnen“.

„Sehr gute Entscheidung“, sagte der Beamte.

Er reichte Rolf die Papiere entgegen und wünschte eine gute Fahrt. Rolf nickte ihm scheinheilig lächelnd zu und setzte die Fahrt fort.

„Du hast aber die Ruhe weg“, sagte Matthias. „Hattest Du keine Bedenken, dass die Sache in die Hose geht?“, erkundigte sich Matthias.

Rolf Breitner schaute ihn verwundert an.

„Was sollte in die Hose gehen? Ich habe mich doch vorschriftsmäßig verhalten. Wenn ich abgehauen wäre, sähe die Sache anders aus. Aber woher sollten die Bullen wissen, dass wir das Ding gedreht haben?“

Matthias winkte ab. Er wollte Rolf gegenüber nicht zugeben, dass er zu empfindlich war, und zuckte nur mit den Schultern.

„War wohl das Beste, was man machen konnte“, sagte er beifällig.

Matthias war davon ausgegangen, dass sie noch in einer gemütlichen Gaststätte einkehrten. Stattdessen steuerte Rolf in Kaldenkirchen eine Bar an, die genau gegenüber dem Sportplatz lag.

„Was willst Du denn hier?“, fragte Matthias erstaunt.

„Hatten wir nicht gesagt, wir wollten es uns noch bei Rosa etwas gut gehen lassen?“, fragte ihn Rolf mit einem gewissen Unverständnis.

„Na klar, haben wir das gesagt aber doch nicht in einem Puff“, entgegnete ihm Matthias ebenso verständnislos.

„Können wir nicht in eine normale Kneipe gehen?“

„Um diese Zeit? Hast Du mal auf die Uhr geschaut? Wir haben Viertel vor zwei in der Nacht.“

Matthias merkte, dass Rolf immer gereizter reagierte, und gab nach.

„Na schön. Gehen wir halt zu Rosa. Und wann teilen wir die Schore?“

Rolf Breitner schaute ihn ernst an.

„Ich habe gesagt, dass ich Dich beteiligen werde. Von teilen war keine Rede. Hast Du mich verstanden?“

Matthias nickte und stieg nicht gerade verzückt aus. Die Bar lag etwas abseits der Straße und eine halbhohe Hecke verhinderte den direkten Blick auf den Parkplatz und den Eingang des schäbigen, etwas herunter gekommenen Gebäudes. Auf dem Dach prangerte ein Transparent mit den roten Buchstaben BAR. Als sie auf den Eingang zugingen, bemerkte Matthias, dass die Scheiben der Kneipe mit schwarzer Folie abgeklebt waren, sodass es keinem

Vorwitzigen gelingen konnte, auch nur einen einzigen Blick hereinzuwerfen. Rolf klingelte lässig an der Eingangstüre. In der Mitte des Einlasses war ein Spion eingefügt, hinter dem kurz ein Schatten zu sehen war. Die Türe öffnete sich und eine junge, hübsche Frau um die dreißig Jahre alt, stand vor ihnen. Sie sah gut aus mit ihrem kurzen schwarzen Rock und dem weißen Bustier und den langen blonden Haaren, die locker auf ihre Schultern fielen.

„Das ist ja eine Überraschung", sagte sie und ließ ihre blendend weißen Zähne blitzen.

„Dass Du Dich noch einmal hier sehen lässt!", lachte sie provokativ zu Rolf.

Er ging auf sie zu und gab ihr links und rechte einen Kuss auf die Wange.

„Du weißt doch Rosa, dass ich ohne Dich nicht leben kann. Außerdem wollte ich Dir unbedingt meinen Freund Matthias vorstellen", scherzte er übertrieben.

Rosa musterte Matthias und lächelte ihm zu.

„Freue mich, Dich hier begrüßen zu können", bemerkte sie und bat mit einem Handzeig beide einzutreten.

Es war um diese Zeit noch nicht viel los, als Sie durch den kleinen Flur, der an den Gastraum angrenzte, gingen und sofort auf eine große Theke schauten. Aus der kühlen Nachtluft kommend schlugen ihnen übertriebene Wärme und Zigarettendunst entgegen. In einem Bord oberhalb des Schanktisches waren Strahler integriert, die ihr Licht senkrecht nach unten warfen und den vorbeiziehenden Zigarettenqualm, wie blaue Nebelschwaden zur Decke steigen ließen. Der eigentliche Raum war mit klobigen Klubgarnituren und gläsernen Tischen bestückt, die ihre beste Zeit schon deutlich erkennbar überschritten hatten. In der Mitte befand sich eine kleine Empore, die als Bühne diente. Über diesem Podium hing eine sich drehende

Spiegelkugel, deren Facetten das Licht in Regenbogenfarben brach und durch den gesamten Raum wanderte.
„Du sage mal, Rosa. Bist Du ganz alleine hier?“, fragte Rolf interessiert und ließ sich auf einem Barhocker am Tresen nieder.
Matthias setzte sich neben ihn und versuchte ein freundliches Gesicht aufzusetzen.
„Nein, die Mädchen sind hinten in der Küche und essen eine Kleinigkeit“.
Sie hatte den Satz noch nicht ganz beendet, als vier junge Frauen lachend und ausgelassen den Raum betraten. Als Erste rauschte Gerda heran. Sie war etwa fünfundzwanzig Jahre alt und hochgewachsen. Ihre blonden Haare hatte sie hochgesteckt. Sie trug eine schwarze Glanzhose und eine dunkelblaue Bluse im Asia-Look. Gleich hinter ihr folgte Marion. Sie war von kleiner Statur und trug Plateau-Stiefeletten, eine knapp geschnittene Stretch-Hose und eine transparente Bluse, die ihre pralle Oberweite deutlich betonte. Ihr braunes Haar hatte sie kess hochgesteckt, wobei einige Strähnen gewollt herab hingen. Angie war eine hübsche Asiatin mit langen schwarzen Haaren und dunklen Mandelaugen. Ihr Alter war schlecht zu schätzen. Sie sah aus wie Anfang dreißig, aber das konnte bei diesem Licht auch täuschen. Sie lächelte höflich und stellte sich gleich neben Matthias. Als letzte betrat Elke den Raum. Sie wirkte, wie ein großes Schulmädchen mit ihren langen roten Zöpfen, die ihr bis auf die Schultern reichten. Mit ihrem sommersprossigen Gesicht erinnerte sie an Pippi Langstrumpf. Ein fliederfarbenes Minikleid betonte ihre schlanke Figur. Betont lässig steuerte sie auf ihren schwarzen Plateaustiefeln direkt auf Rolf Breitner zu, der sie mit einem breiten Lächeln empfing.

„Wie Ihr seht, sind wir gut ausgestattet“, lachte Rosa. Was können wir jetzt für Euch tun?“, fragte sie geschäftstüchtig. Rolf schaute Matthias unternehmungslustig an. Er schüttelte den Kopf, zündete sich eine Zigarette an und ließ den Rauch unter dem Licht des Strahlers tanzen.
„Lass` mal gut sein. Wir hatten einen harten Tag und wollen erst einmal etwas trinken“, antwortete Rolf Breitner zur Enttäuschung der Frauen, die diese Entscheidung allerdings wortlos akzeptierten und sich in die Sitzgarnituren zurück zogen.
Trotz der fortgeschrittenen Zeit füllte sich das Etablissement nach und nach. Zunächst betraten zwei gut gekleidete Männer mittleren Alters den Raum. Sie setzten sich neben Rolf und Matthias an die Theke und bestellten sich ein Bier. Die Mädchen saßen immer noch in der Sitzgruppe. Rosa fragte die Männer, ob es ihnen recht sei, von zwei Damen Gesellschaft zu erhalten. Selbstverständlich waren sie einverstanden. Mit einem kurzen Blick signalisierte Rosa den Mädchen, in Aktion zu treten. Elke und Angie gesellten sich zu den Männern. Rosa servierte ihnen derweil einen Piccolo und notierte die Getränke dezent auf der Abrechnung der Gäste. In kürzester Zeit war die Bar mit Gästen gefüllt. Um die Stimmung der Männer aufzubessern, legte Rosa anheimelnde Musik auf und Elke begann, auf der Bühne mit graziöser Eleganz zu tanzen. Matthias beobachtete das Spektakel interessiert und war überrascht, als Rolf ihm leise ins Ohr sprach.
„Ich gebe Dir fünftausend. Das sollte fürs Erste reichen“, bemerkte er knapp.
Matthias drehte sich zu ihm um.
„OK. Damit komme ich erst einmal über die Runden“, bemerkte er trocken und nahm einen Schluck aus dem Glas.

Rolf bemerkte an seinem Unterton, dass er mit einem größeren Anteil gerechnet hatte. Aber er ignorierte seinen Wunsch mit einem aufgesetzten Lachen.
„Beim nächsten Mal wird es bestimmt mehr werden“, antwortete er beiläufig.
Rolf stand auf und ging zu den Toiletten. Als er zurückkam, stand Hub neben Matthias und nahm gerade einen kräftigen Schluck aus seinem Whiskyglas. Hub war ein Hippie, wie er im Buche stand. Eine imposante Figur. Mit seinen fast zwei Metern Körpergröße, den Rasterlocken mit buntem Stirnband, einer braunen Weste auf weißem Hemd und Jesuslatschen and den nackten Füßen, strömte er einen Duft aus, als ob er sich seit Woodstock das letzte mal einer gründlichen Wäsche unterzogen hatte. Im Moment, als er Rolf entdeckte, hellte sich schlagartig das bärtige Gesicht auf.
„Mensch Rolf. Dich habe ich ja eine Ewigkeit nicht gesehen. Wie geht es Dir, altes Haus?“
Mit seinen ein Meter neunzig war Rolf nicht der Kleinste. Aber es sah aus, als würde er in den Armen von Hub verschwinden.
„Mir geht es gut“, sagte Rolf zufrieden und setzte sich auf den Barhocker.
„Was treibt Dich aus der Sonne Ibizas wieder an den tristen Niederrhein?“, fragte Rolf mit grinsendem Gesicht.
Er kannte Hub seit einigen Jahren. Er hatte ihn im Jachthafen von Roermond kennengelernt, wo er als Bootsbauer arbeitete. Seit Beginn der Hippiebewegung folgte er der Meinung der Aussteiger und entzog sich dem Leistungsprinzip und all den bürgerlichen Konventionen und Moralvorstellungen, was letztendlich dazu führte, dass er sich einer Kommune auf Ibiza anschloss und dort auch seinen Lebensmittelpunkt fand. „Ich bin sozusagen geschäftlich hier unterwegs“, fuhr Hub fort.

„Geschäftlich? Was heißt geschäftlich?“, fragte Rolf neugierig.
„Du hast doch sicherlich mitbekommen, dass meine Kommilitonen und ich das Ziel haben, eine antiautoritäre Welt ohne Klassenunterschiede und ohne Krieg und Grausamkeiten zu schaffen“.
Rolf nickte ihm wissend zu, obwohl es ihn nicht die Bohne interessierte.
„Und was treibst Du in diesen Dingen geschäftlich in Kaldenkirchen?“
Hub legte den Arm um seine Schulter und schaute sich geheimnisvoll um, als ob niemand hören sollte, was nun über seine Lippen kam.
„Ich habe Halluzinogene besorgt und fliege am Sonntag zurück“.
Rolf zuckte mit den Schultern.
„Was hast Du besorgt? Halluzinodingsbums? Und was soll das bitte sein?“
Hub schaute sich wieder misstrauisch um.
„Stell` Dich doch nicht so dumm an! LSD. Verstehst Du?“
Rolf schaute ihn verwundert an.
„Was macht Ihr Blumenkinder mit LSD?“
„Das wirst Du sicherlich nicht verstehen. Aber in unserer Kommune ist der ausgeprägte und spezielle Wirkungscharakter so wichtig geworden“.
„Aha, verstehe. Macht das Zeug süchtig?“
Hub lachte ihn an.
„Wie man es sieht. Du solltest jemandem vertrauen, der anwesend ist, wenn Du es testest“.
„Ich vertraue Dir doch. Hast Du was von dem Zeug dabei? Dann gib mir mal ne Priese ins Glas“.

Hub hatte am Gürtel einen kleinen Lederbeutel hängen und lockerte den Riemen. Mit zwei Fingern nahm er zwei kleine Tickets heraus und legte sie auf die Theke.
„Was soll das denn sein?“, fragte Rolf argwöhnisch.
„Das sind LSD-Trips. Ich schenke sie Euch“, verkündete Hub stolz.
Matthias hatte das ganze Gespräch geduldig mit angehört, sich aber nicht zu Wort gemeldet. Ihm war es egal, hin und wieder eine zu kiffen. Aber in seinen vier absolvierten Jurasemestern hatte er genügend über diese Drogen und ihre Wirkungsweisen erfahren.
„Lass mal die Finger von dem Dreckszeug“, warnte er Rolf.
Am Gesicht von Hub konnte man feststellen, dass er nicht erfreut war, solche Worte aus seinem Munde zu hören.
„Grundsätzlich verstärkt LSD den Zustand, in dem man sich befindet, und ist dabei sehr speziell. Es versetzt Dich in einen Zustand, der dem einer Psychose sehr ähnlich sein kann. Du wirst Dinge hören oder sehen, die von anderen gar nicht wahrgenommen werden“.
„Stell` Dich nicht so an!“
Rolf schob Matthias einen Trip zu.
„Ne, lass mal“, sagte er und schob ihm das bunte Ticket wieder zu.
„Ich gehe mal lieber. Ist ja auch schon spät genug“.
Matthias klopfte als Gruß im Vorbeigehen kurz mit der Hand auf die Theke, bezahlte bei Rosa seinen Deckel und verließ die Bar. Hub schaute ihm hinterher.
„Was ist das für einer?“, fragte er verwundert in seinem unnachahmlichen niederländischen Dialekt.
„Der ist ganz in Ordnung. Ich drehe öfter mal ein Dinge mit ihm. Vielleicht ist er noch etwas nervös“, antwortete Rolf und stieß mit dem Fingernagel seines Zeigefingers den LSD-Trip hin und her.

„Was ist jetzt? Möchtest Du den ausprobieren?“, fragte Hub mit einem Grinsen im Gesicht.
„Klar. Machen wir. Wie geht das. Soll ich den ins Bier tunken, oder was?“
„Du nimmst das Ticket in den Mund und lässt ihn auf der Zunge zergehen. Derweil gehen wir mal zu dieser Sitzgruppe und warten, was in Deinem Set passiert“, versprach Hub und pflanzte sich in einen gemütlichen Sessel der Sitzgruppe, mit ausgezeichnetem Blick auf die Tanzfläche, auf der Elke einen heißen Tanz zur Musik von Eros Ramazotti darbot.
Rolf spürte plötzlich den Drang, die Toilette aufzusuchen. Der Boden unter seinen Füßen schwankte hin und her, als er aufstand. Er wollte sich nichts anmerken lassen und hielt sich mal hier, mal dort am Stuhl oder an der Wand fest, um den endlos langen Gang zu den Toiletten zu erreichen. Schreckliche Furcht packte ihn, als er die grüne Lampe am Hinterausgang bemerkte, die ihn zu beobachteten schien. Er fürchtete, sie würde nach ihm greifen, als er plötzlich von hinten einen festen Griff unter seinen Armen spürte.
„Alles klar, Rolf?“
Aus der Entfernung glaubte er die Stimme von Hub zu erkennen, die in sehr tief verschwommenen Tönen zu ihm drang. Wie von Geisterhand schwebte er an der Theke vorbei und landete sanft in seinem Sessel. Rolf traute seinen Augen nicht, als er feststellte, dass Elke bei ihrem Tanz den Boden nicht berührte aber einen langen roten Schatten hinter sich herzog, der sich langsam in blau-violette Elemente auflöste. Die Schwingungen der Musik und die Bewegungen der jungen Frau nahmen Gestalt an. Einzelne Töne verkörperten sich zu bunten Schmetterlingen, die mit knallrotem Flügelschlag den Luftraum über der Theke eroberten. Andere nahmen die Gestalt von schwarzen Schneebällen an und sausten mit einem Affenzahn an den

Köpfen der Gäste vorbei. Als er an sich herabschaute, bemerkte er, dass sein Körper geschrumpft war. Ein riesiger Kopf saß auf seinem winzigen Körper, der durchsichtig und von blauen Adern durchzogen war. Er fiel aus seinem wohligen Sinnesreiz, in dem er die rote Farbe der Polstersessel schmecken konnte in ein tiefes Angstgefühl mit dem Drang, sich unter dem Teppichboden zu verstecken. Eisige Kälte machte sich breit. Ein Gast, der an ihm vorbei zum Ausgang ging, hatte ein gewaltiges Horn auf der Stirn und furchterregend funkelnd grüne Augen. Rolf traute sich nicht, ihn anzusehen, geschweige seinem Blick standzuhalten.

„Alles in Ordnung“!, vernahm er von einer bekannten Stimme mit holländischem Akzent.

„Bleib ganz ruhig und denke an was Schönes“, drang es an seine Ohren.

Er versuchte sich zu entspannen und dem Rat der Stimme zu folgen, doch jeder Atemzug seiner Lungen schmerzte. Er sah, wie sein viel zu kleines Herz aufgeregt hin und her sprang und Mühe hatte, das Blut in seine Adern zu pumpen.

Eine große bleierne Müdigkeit übermannte ihn und er fiel in einen geistlosen, unruhigen Schlaf mit Träumen, die von tiefen mystischen Visionen und Wahrnehmungen aus anderen Welten begleitet wurden.

„Hallo Rolf! Kannst Du mich hören?"

Hub beugte sich über Rolf, der ohne Besinnung auf einem Bett lag und fantasierte. Er hatte ihn kurzerhand in sein Auto gepackt und nach Holland gefahren. Rosa ließ nicht mit sich reden und bestand darauf, die Bar zu schließen. Seine kleine Wohnung in Blerick bewohnte er gewöhnlich allein. Blerick war der zweit größte Stadtteil von Venlo in der Nähe der Autobahnen und bestand zu großen Teilen aus Industriegebieten und Wohnsilos. Die hier in den Stadtwohnungen lebenden Menschen kümmerten sich nicht großartig um ihre Nachbarn, so dass Hub sich über das Gerede der Leute keine Gedanken machen musste, den bewusstlosen Rolf im Arm bis in die dritte Etage zu schleppen. Hub schob die Gardine beiseite und öffnete das Fenster. Frische Luft sollte ihm gut tun. Er spülte ein Wasserglas aus, das auf der Spüle zwischen schmutzigem Geschirr stand, und zapfte Wasser aus der Leitung. Er nahm einen kräftigen Schluck und setzte sich an den kleinen Tisch vor dem Fenster und schaute Rolf an, der langsam zu sich kam und die Augen öffnete.

„Was ist los? Wo bin ich?", fragte er immer noch benommen. „Du warst auf einem heftigen Trip, mein Guter. Hätte nicht gedacht, dass Dich das Zeug so aus den Socken haut. War wahrscheinlich etwas zu stark für Dich", murmelte Hub.

Rolf setzte sich auf und rieb sich die Augen.

„Hast Du was zu trinken?" Hub stand auf und gab ihm sein Glas.

„Hier trink, wird Dir gut tun".

„Mein Schädel schmerzt, als ob mir eine Eisenbahn darüber gefahren wäre“, sagte Rolf und trank das Glas in einem Zug aus.
„Ich habe Dich mitgenommen, weil die Tussi aus der Bar anfing, Stress zu machen. Glaub mir, es war besser so, bevor die Penner hier blöde Fragen stellen“.
Rolf nickte teilnahmslos.
„Wo ist Dein Klo?“, fragte er karg.
„Nächste Tür links“, antwortete Hub und legte die Beine auf den Sessel.
Rolf ging mit schwankendem Gang zum Waschbecken, warf sich Wasser ins Gesicht und betrachtete sein Spiegelbild. Sein Kopfkino wiederholte die Bilder der vergangenen Nacht und es war anstrengend, die immer wieder auftauchenden Ängste und Fantasien zu verdrängen. Der Rausch hatte seine Fähigkeit vermindert, Dinge in Perspektive zu rücken und die Realität zu begreifen. Im schauderte immer noch, wenn er an diese Grimasse mit den funkelnden Augen dachte. Seine Hände zitterten, als er sich mit dem Handtuch das Gesicht trocknete und er ertappte sich dabei, im Spiegel diese furchterregende Fratze zu suchen.
„Alles OK?“, fragte Hub, als er wieder in den Raum kam.
„Ich muss los!“, antwortete Rolf patzig.
„Habe noch was Dringendes zu erledigen. Hätte ich beinahe vergessen“, ergänzte er unruhig.
„Was ich Dir noch sagen wollte. Ich bin morgen wieder in Ibiza. Wenn Du willst, kannst Du so lange hier wohnen. Hier bist Du ungestört“, sagte Hub und warf ihm den Haustürschlüssel entgegen.
Rolf wollte ihn auffangen, griff aber ins Leere. Nur mit Mühe gelang es ihm, den Schlüssel vom Boden aufzuheben und in der Hosentasche verschwinden zu lassen.

„Danke für das Angebot. Ich habe noch eine Wohnung, aber man kann ja nie wissen“, antwortete Rolf mürrisch.
Ohne sich zu bedanken, drehte er sich um, verließ die Wohnung und ließ die Haustüre beim Herausgehen ins Schloss fallen.

Biggi riss die Türe auf und stellte sämtliche Fensterflügel der Gaststätte auf kipp, um ordentlich Durchzug zu machen. Obwohl sie selber rauchte, störte sie der kalte Zigarettendunst, der noch vom Frühschoppen am Vormittag im Raum schwebte. Das Restaurant war schon seit Generationen in ihrer Familie. Hauptsächlich kamen die Einheimischen als Gäste, doch seit der neue Golfplatz mit seinen Heide- und Auenlandschaften fertiggestellt war, verirrten sich immer mehr Touristen und Wanderer zu ihnen, hauptsächlich um die reichhaltige rheinische Küche auszuprobieren oder nur, um im Gartenlokal bei einem Bier oder einer Tasse Kaffee zu verweilen. Die Aufgaben waren streng geregelt, so wie es in Familienbetrieben üblich war. Der Vater machte im Schankraum den Service und ihre Mutter war für die Küche zuständig. Nach ihrer Ausbildung als Hotelfachangestellte wechselte sie in die heimische Branche, da sie als einziges Kind die Hoffnung ihrer Eltern war und irgendwann das Geschäft übernehmen sollte. Zunächst arbeitete sie mit ihrer Mutter in der Küche. Aber die Chemie zwischen ihnen stimmte nicht. Ihre Mutter war eine hübsche Frau mit langen blonden Haaren und einer für ihr Alter durchaus akzeptablen Figur. Sie liebte die eindeutigen Komplimente der Stammgäste und war auch nicht abgeneigt, bereits am frühen Morgen Alkohol zu trinken, wobei sie abstritt, Alkoholprobleme zu haben. Es kam immer wieder zu Streitereien zwischen ihnen, die offensichtlich auf ein bestimmtes Konkurrenzdenken zurückzuführen waren, denn den Gästen blieben auch ihre Reize nicht verborgen. Ihr Vater war ein ruhiger und besonnener Mann. Sein Hauptinteresse galt seinem Hobby, dem Segeln. Jede freie Minute fuhr er zum Jachthafen, wo sein Verein ein Boot unterhielt. Um weitere Spannungen mit der Mutter zu

vermeiden, beschloss er, sie fortan als Bedienung im Lokal zu beschäftigen. Er genoss es, wenn die Gäste ihr hinterher schauten, und war stolz, eine so hübsche Tochter zu haben. Er behauptete manchmal, dass die Gäste nur wegen ihr kämen, was seiner Frau überhaupt nicht gefiel. Der Mittelpunkt der Gaststätte war die wuchtige und ausladende Echtholztheke, an der sich allabendlich die Stammgäste versammelten. Im Gastraum standen acht Vierertische und ein Stammtisch. Auf den Vierertischen lagen karierte Tischdecken und alle waren liebevoll mit Blumenväschen dekoriert. Biggi war damit beschäftigt, die Gläser zu polieren, als ein hochgewachsener Mann den Raum betrat. Rolf hatte dunkles Haar und einen Vollbart und seine Kleidung ließ darauf schließen, dass er nicht gerade am Hungertuch nagte. So plötzlich und unerwartet, wie er dastand, ließ sein Erscheinungsbild an die Romanfigur des Seewolfes erinnern. Seine weißen Zähne blitzten auf, sobald er den Mund aufmachte und seine Hände waren keine Arbeiterhände, sondern wirkten wie die eines Akademikers. Als er eintrat, blieb er zunächst stehen und schaute sich um.
„Guten Tag, junge Frau. Haben sie schon geöffnet?", fragte er charmant.
Ohne eine Antwort abzuwarten, ging er durch das Lokal, setzte sich an den Stammtisch und musterte Biggi mit seinen neugierigen Blicken.
„Diese Frage wäre ja wohl schon geklärt, denn Sie sitzen ja bereits am Tisch", antwortete Biggi kokett.
Im Umgang mit Männern war sie nicht gerade schüchtern aber seine Aura verunsicherte sie. An diesem Tag trug sie ein schwarzes Minikleid, besser gesagt einen breiten Gürtel, der das wesentliche verdeckte und eine weiße Servierschürze, die hinten mit einer großen Schleife gebunden war. Biggi lächelte Rolf charmant an.

„Was kann ich für sie tun?"
„Bringen Sie mir bitte ein frisch gezapftes Bier und die Speisekarte!", antwortete Rolf höflich und strahlte sie an. Sie lächelte zurück und erwiderte den Wunsch mit einem Zwinkern. Sie ging hinter den Tresen und zapfte das gewünschte Bier und brachte es mit der Speisekarte an den Tisch. Allmählich füllte sich der Gastraum. Hier war es noch üblich, dass viele Männer nach ihrer Arbeit einkehrten, um einige Bierchen zu trinken und sich den Frust des Tages von der Seele zureden. Einfach in gewohnter Atmosphäre leidenschaftlich tagesaktuelle Themen ausgiebig zu diskutieren und auszuwerten. Rolf bestellte sich ein Jägerschnitzel mit den angepriesenen Bratkartoffeln. Obwohl Biggi jede Menge zu tun hatte, verirrte sich immer wieder ein Blick zu diesem Mann. Sie bemerkte, dass er ständig auf die Uhr und zum Eingang schaute. Gegen acht Uhr kam ein Fremder in die Gaststube, schaute sich sichtlich nervös um und setzte sich zu Rolf an den Tisch. Er sprach kein Wort als Biggi an den Tisch kam, um seine Bestellung anzunehmen, sondern schaute sie lediglich an. Er sah ungepflegt in seiner Jeans aus und seine fettigen Haare klebten ihm am Kopf.
„Trinkst Du ein Bier mit?", fragte Rolf ihn mit tonloser Stimme.
Der Mann nickte nur. Wenn Biggi zuvor den Eindruck gehabt hatte, dass Rolf in seiner lockeren und aufgeschlossenen Art hier zufällig eingekehrt war, so täuschte sie sich. Die Art, wie die Männer miteinander sprachen, ließ darauf schließen, dass sie bestimmt keine Freunde waren. Der Treffpunkt in ihrer Kneipe schien bewusst gewählt, um irgendein wichtiges Thema zu besprechen. In der Gaststätte herrschte Hochbetrieb und so war es nicht verwunderlich, dass Biggi nur vereinzelte

Wortfetzen aufschnappte, wenn sie den Männern am Stammtisch die Getränke brachte. Beide redeten miteinander und tranken übermäßig viel und so war es nicht verwunderlich, dass die Unterhaltung an Lautstärke gewann und in einem heftigen Streit mündete. Dies bemerkten natürlich auch die anderen Gäste, denn urplötzlich wurde es ruhig und alle schauten zu den beiden Männern herüber. Der Fremde sprang auf, sodass sein Stuhl nach hinten kippte. Man konnte ihm förmlich ansehen, dass er vor Wut schäumte.
„Das wirst Du noch bereuen, Du Schweinehund!“, schrie er Rolf mit holländischem Akzent an.
Er legte einen Geldschein auf den Tisch und verließ wutschnaubend das Lokal. Rolf zuckte mit den Achseln und setzte ein aufgesetztes Grinsen auf.
„Alles klar, Leute. Nichts passiert!“
Er trank sein Bier aus, und als ob es das selbstverständlichste dieser Welt wäre, stellte er sich an den Tresen, wo einige Männer mit einem Würfelbecher knobelten. Obwohl er bereits erhebliche Mengen Alkohol konsumiert hatte, fiel auf, dass er in seiner Art zu argumentieren einen nicht zu unterschätzenden Grad an Intelligenz besaß. Er band seine neuen Gesprächspartner dermaßen ein, dass diese von seinem fachlichen Wissen und Können in die Defensive gezwungen wurden und sich zurück zogen. Hierbei ließ er es sich aber auch nicht nehmen, die eine oder andere Runde auszugeben. Es führte zwangsläufig darauf hinaus, dass er sich zunehmend als Wortführer hervortat und dies von den anderen, wie selbstverständlich akzeptiert wurde. Es war schon weit nach Mitternacht. Die anderen Gäste waren bereits gegangen und Biggi begann, den Gastraum aufzuräumen. Rolf stand immer noch an der Theke und folgte ihr mit seinen Blicken. Er hatte sich eine Zigarette

angezündet und hielt sie in der Manier eines Zockers zwischen den Zähnen fest.
„Können Sie mir ein Taxi rufen?“, fragte Rolf beiläufig.
Er beherrschte sich, aber man konnte ihm anmerken, dass er betrunken war.
„Da werden sie Pech haben!“, antwortete Biggi kess.
„Hier ist die Taxizentrale um diese Zeit nicht mehr besetzt“.
Sie nahm den Hörer und wählte die Nummer der Zentrale.
„Ach hören Sie“, ergänzte Breitner. „Sie sollen ein Taxi mit zwei Fahrern schicken. Es soll so eine Art Pilotfahrt werden. Einer von denen muss nämlich mein Auto fahren. Ich denke, ich habe etwas zu viel getrunken!“
Biggi bemerkte, dass er sie abschätzend und interessiert musterte. Er trank sein Bier und ließ seinen Blick von ihren Schuhen aufwärts gleiten. Von sich und seiner Art überzeugt, registrierte er amüsiert, als sie sich die Finger nach einem Taxi wund telefonierte.
„Ich versuche noch einmal die 3333. Wenn die auch nicht abnehmen, kann ich Ihnen nicht weiterhelfen!“, resümierte Biggi.
Rolf zuckte nur mit den Schultern. Es machte ihm nichts aus. „Hören Sie. Würde es Ihnen etwas ausmachen, mein Auto zu fahren, mich zu Hause abzusetzen und den Wagen wieder mit zu nehmen? Ich komme ihn mir dann morgen wieder abholen“, schlug Rolf enthusiastisch vor.
Biggi schaute ihn erstaunt an. Sie hatte den Mann noch nie zuvor gesehen. Aber warum sollte sie ihm den Gefallen nicht tun?
„Kann ich machen!“, lachte sie verwegen. „Wenn Sie nicht nach München wollen, ist es kein Problem“.
Rolf lachte zufrieden.
„Na, wenn das kein Service ist“.

Er nahm seine Jacke vom Haken und ging zur Türe. Beim Verlassen der Gaststätte gab er ihr den Autoschlüssel.
„Ich wohne hier in Grevenbroich auf der Steinmetzstraße. Dort können Sie mich herauslassen, schönes Kind. Ich möchte Sie ja nicht von Ihrer wertvollen Freizeit abhalten", sagte Rolf etwas belustigt.
Es war das erste Mal, dass er sie in dieser Form angesprochen hatte. Biggi war sich nicht sicher, ob sie es in dieser Form wollte, aber irgendwie freute sie sich darüber. Fröhlich fast ausgelassen gingen sie auf sein Fahrzeug zu. Es war ein weißer Mercedes. Sie hatte noch nie in einem solchen Wagen gesessen, geschweige denn gefahren und war etwas nervös. Sie setzte sich auf den Fahrersitz und öffnete die Beifahrertüre. Als Rolf einstieg, roch sie seine Alkoholfahne. Allerdings machte er ganz und gar nicht den Eindruck, als ob er betrunken war. Vorsichtig, fast unbeholfen, fuhr sie den Wagen vom Parkplatz auf die Straße. Auf dem Weg zur Stadt sprachen sie kein Wort. Es schien, als ob er eingeschlafen wäre.
„Fahren Sie mal dort rechts ran!", sagte Rolf und deutete auf eine Parkbucht in der Nähe der Steinmetzstraße.
Biggi ging davon aus, dass sein Ziel erreicht war und er aussteigen wollte. Doch er griff an den Zündschlüssel und schaltete den Motor aus. Mit einem Mal wurde Biggi vorsichtig. Sie dachte, jetzt kommt die übliche Nummer mit dem obligatorischen Baggern und den Griff an die Titten. Sie kannte den Mann überhaupt nicht und fühlte sich in dieser Situation sehr unwohl. Obendrein war ihr ohnehin kurzer Rock noch höher gerutscht, sodass sie schon das Schlimmste befürchtet. Als ob er ihre Bedenken bemerkt hätte, öffnete er die Türe. „Übrigens, mein Name ist Rolf Breitner. Ich finde es toll, dass Du mich gefahren hast. Sehen wir uns morgen?"

Biggi nickte. Bevor er ausstieg, drehte er sich noch einmal um und gab ihr ohne Vorwarnung einen Kuss auf die Wange. „Danke, mein blonder Engel!“

Noch bevor sie irgendetwas erwidern konnte, schloss er die Türe und verschwand in der Nacht. Sie war überrascht. Mochte er sie etwa? Biggi hatte zurzeit keinen Freund und eigentlich war er ja ganz nett. Etwas älter als sie, aber im Grund genommen hatte sie sich immer schon älteren Männern hingezogen gefühlt. Kurz gesagt, sie hatte Schmetterlinge im Bauch. Aufgekratzt beschloss sie, noch eine Runde mit dem Wagen zu fahren. Es war ein herrliches Gefühl mit diesem Luxusgefährt unterwegs zu sein. Sie fuhr am Landesgartenschaugelände vorbei und erreichte wieder die Steinmetzstraße, wo Rolf ausgestiegen war. Neugierig achtete sie darauf, ob sie ihn vielleicht noch einmal sieht, aber dies war ein unsinniger Gedanke. Also beschloss sie, auf dem kürzesten Weg nach Hause zu fahren. Es war menschenleer in den Straßen. Hin und wieder sah sie eine Katze auf ihrem nächtlichen Beutezug über die Straße springen.

Auf einer Bank, in der Nähe des Bahnhofs, entdeckte sie einen Mann, der sein Gesicht mit beiden Händen verdeckt hielt. Es war Rolf. Warum saß er hier? Ging es ihm nicht gut? War es zum Streit mit seiner Frau gekommen und sie hatte ihn kurzerhand raus geworfen? Tausend Fragen taten sich ihr auf. Sie parkte den Wagen in der Nähe und ging auf ihn zu. Er schien sie nicht bemerkt zu haben, denn er presste apathisch beide Hände vor sein Gesicht. Vorsichtig berührte Biggi ihn an der Schulter.

„Rolf ist Dir nicht gut? Was hast Du?“, fragte sie behutsam. Sie erwartete wieder dieses lachende Gesicht mit den weißen, bleckenden Zähnen, wenn er zu ihr aufschaute und sich freute, sie zu sehen. Langsam ließ er seine Hände herunter gleiten. Ein anderes Gesicht, eine Grimasse, schaute sie an. Fahle weiße Haut mit einem Vollbart umrundet. Rot unterlaufende Augen starrten durch sie hindurch und seine Hände fühlten sich eiskalt an.

„Was ist los mit Dir, Rolf? Hat man Dich überfallen? Was ist geschehen?“, fragte sie ängstlich.

Kein Wort kam über seine Lippen. Warum tat sie das? Es konnte ihr doch egal sein, dass er hier saß und heulte. Sie sollte sich in den Wagen setzen und nach Hause fahren. Mit einer Hand strich sie ihm durch das Haar. Was war das? Es fühlte sich klebrig an. Im Licht der Laterne erkannte sie die Ursache. Es war Blut. Panik stieg in ihr auf.

„Was ist los mit Dir. Sag` schon etwas. Bist Du verletzt? Bist Du gefallen? Komm` steh` auf. Ich bringe Dich ins Krankenhaus!“, schrie sie ihn an.

Sie zerrte an seinem Arm, wie ein Terrier an einem Hosenbein, um ihn ins Auto zu bugsieren.

„Lass mich in Ruhe. Ich bin nicht verletzt. Das Blut ist nicht von mir“, entfuhr es seinem Munde.

„Wie das Blut ist nicht von Dir? Von wem soll es denn sonst sein?“, fragte sie erstaunt.

Langsam beruhigte sie sich wieder.

„Von wem ist das Blut? Und wie kommt es in Deine Haare?“, fragte sie energisch.

Er richtete den Kopf auf und Biggi sah, dass in seinem Gesicht auch Blut klebte. Klar! Es war von seinen Händen. Er hatte Blut von seinen Händen in sein Haar und sein Gesicht geschmiert. Mit einem Mal stand er auf und zog sie an sich. „Du musst mir jetzt helfen. Es ist etwas Furchtbares passiert. Ich habe ihn umgebracht!“, entfuhr es ihm.

„Was ist los? Wen hast Du umgebracht?“, fragte sie ungläubig.

„Der Kerl, der in Eurer Kneipe bei mir am Tisch saß. Den habe ich umgebracht!“, erklärte er.
„Und? Wo ist der jetzt?“, fragte Biggi vorsichtig.
„Er liegt dort!“, antwortete er knapp.
Rolf drehte sich um und deutete ins Dunkle, direkt hinter die Bank, auf der er gesessen hatte. Biggi konnte in der Dunkelheit nichts erkennen.
„Woher weißt Du, dass er tot ist? Vielleicht lebt er noch!“, erwiderte sie völlig aufgewühlt.
„Nein, er ist tot. Glaube mir, ich weiß es“, brachte er kläglich über die Lippen.
„Hast Du eine Taschenlampe im Wagen?“
„Ja, im Handschuhfach muss eine sein“.
Biggi rannte zum Wagen und riss das Handschuhfach auf. Den Inhalt warf sie einfach auf den Boden und nahm eine Taschenlampe heraus.
„Komm` jetzt. Wir schauen nach, ob er noch lebt!“, rief Biggi.
Entschlossen griff sie seine Hand und zog ihn in die Richtung, die er gezeigt hatte. Störrisch wie ein Esel blieb er stehen und zog seine Hand zurück. Im Schein der Lampe sah sie eine leblose Gestalt am Boden liegen. Vor Aufregung schlug ihr das Herz förmlich aus der Brust heraus. Sie wollte wissen, ob er noch lebte. Ängstlich beugte sie sich über die Gestalt und leuchtete mit der Taschenlampe auf den Kopf und erstarrte. Der Mensch, der vor ihr lag, hatte kein Gesicht mehr. Es war nur noch eine blutige Masse. Biggi bekam einen Brechreiz und konnte sich nicht mehr halten. Sie wollte nur noch laufen, weg von diesem furchtbaren Ort. Sie rannte zum Wagen. Wollte abhauen. Sich diesem Wahnsinn entziehen. Wollte weinen, konnte es aber nicht. Sie konnte nicht atmen. Ein Gefühl, als ob ihr jemand einen Gürtel um

die Brust geschlungen hätte und diesen langsam zuzog. Sie blieb vor dem Wagen stehen.
„Mein Gott, wo bin ich hier reingeraten?“, stieß sie aus. Rolf Breitner war ihr nachgelaufen. Er schien sich wieder gefangen zu haben. Er fasste ihr von hinten an die Schultern.
„Ich wollte es nicht! Wir haben gestritten. Dann griff er mich plötzlich an. Auf ein Mal hatte ich diesen Hammer in der Hand und ich habe zugeschlagen. Einmal, zweimal, dreimal. Immer wieder zugeschlagen. Bis er sich nicht mehr bewegte“.
Rolf wich einige Schritte zurück und ließ sie vor der offenen Wagentüre stehen. Erst jetzt wurde Biggi bewusst, dass sie mitten in der Stadt waren. Sie fasste an das Zündschloss. Der Schlüssel steckte nicht mehr. Hatte sie ihn abgezogen und verloren. Als sie aufschaute, sah sie Rolf wieder auf der Bank sitzen. Mit der Taschenlampe in der Hand ging sie auf ihn zu. Er schaute sie an.
„Du musst mir helfen. Ich will nicht eingesperrt werden. Hilfst Du mir? Sag doch, hilfst Du mir?“, bettelte er.
Sie musterte ihn lange, ohne ein Wort zu sagen und war selber überrascht, als sie ihm antwortete.
„Ja, ich helfe Dir! Aber was soll ich denn machen?“
„Du musst seine Taschen durchsuchen. Nimm alles heraus. Los durchsuche ihn endlich! Ich kann es nicht!“, keuchte er schluchzend.
Den fehlenden Schlüssel hatte sie vor lauter Aufregung vergessen und kniete sich vor den Toten und begann angewidert seine Taschen auszuräumen. Alles fühlte sich klamm und kalt an. In der Jackentasche fand sie einen dicken Bund mit Geldscheinen und Zigaretten. Rolf hielt ihr eine Tüte entgegen. „Hier steck` alles da rein!“, forderte er sie auf.

Wie in Trance folgte sie seinen Anweisungen. Um an die Gesäßtasche zu gelangen, musste sie die Leiche drehen. Mit aller Kraft zerrte sie an den Klamotten und schaffte es, sie zu drehen und zog die Brieftasche und ein Portemonnaie heraus. Auf dem Boden lag ein Päckchen, etwa so groß wie ein Buch, das ganz mit Verpackungsstreifen umwickelt war. Sie hatte es vorher nicht bemerkt, weil der Tote darauf gelegen hatte. Ohne darüber nachzudenken, steckte sie es ebenfalls in die Tüte. Sie tastete noch einmal den Körper ab.
„Ich glaube, ich habe alles. Komm` lass uns abhauen!“, forderte sie.
Er beugte sich zu ihr herunter.
„Nein, der kann hier nicht liegen bleiben. Komm` wir werfen ihn in die Erft!“, befahl er.
Mit schnellen Schritten rannte er zum Kofferraum des Wagens und holte eine Decke heraus. Er hielt sie ihr entgegen.
„Wickel die um seinen Kopf!“
Er stellte sich breitbeinig über den Toten und zog ihn am Revers seiner Jacke nach oben. Der Kopf fiel nach hinten und Biggi sah, dass der Schädel gespalten war. Angewidert wich sie zurück.
„Mach` schon. Wickel sie um den Kopf!“, forderte er.
Breitner fasste den Toten und zog ihn an den Beinen zum Wagen. Biggi folgte ihm.
„Fass Du die Beine an. Los!“
Gemeinsam hoben sie die Leiche in den Kofferraum. Er schloss den Deckel und setzte sich auf den Beifahrersitz.
„Du fährst!“, befahl er kurz.
Er zog den Schlüssel aus seiner Hosentasche und steckte ihn in das Zündschloss. Biggi setzte sich ans Steuer und gehorchte wie eine Marionette.
„Hast Du eine Zigarette?“, fragte sie völlig fertig.

Rolf Breitner nickte, fingerte ein Päckchen aus der Tasche und zündete zwei gleichzeitig an. Gierig sogen sie den Rauch ein.
„Fahr jetzt los, bevor uns hier noch jemand sieht!“, befahl er.
Biggi startete den Motor, würgte ihn jedoch wieder ab. Nach mehreren Versuchen schaffte sie es, das Fahrzeug in Bewegung zu setzen. Unsicher fuhr sie durch die nächtlichen Straßen in Richtung Erft.
„Ich habe es mir anders überlegt“, flüsterte er.
„Wir fahren bis Dormagen und werfen ihn in den Rhein!“
Sie akzeptierte ohne Einwände. Wortlos saßen sie nebeneinander und fuhren auf Nebenstraßen in Richtung Dormagen. In der Nähe von Stützelberg war eine Anlegestelle, wo es unproblematisch war, rückwärts mit dem Wagen bis an den Rhein heranzufahren. Biggi schaltete den Motor aus und legte die Stirn vor Erschöpfung und Grauen auf das Lenkrad. Rolf legte seine Hand auf die Schulter.
„Das schaffen wir auch noch“, sagte er mit ruhiger Stimme und stieg aus.
Biggi folgte ihm. Mit aller Kraft hievten sie den schweren Körper aus dem Kofferraum und warfen ihn ins Wasser. Im Dunkel der Nacht zog die Strömung die Leiche mit sich fort. Erst jetzt bemerkte Biggi, dass ihre Hände voller Blut waren. Sie ging ans Ufer und wusch sich die abscheuerregenden Spuren von den Händen. Wortlos und immer noch geschockt von den Ereignissen der letzten Stunde stiegen sie in den Wagen und fuhren los. Es dämmerte langsam und über den Feldern hingen dicke Nebelschwaden. Vereinzelt kamen ihnen die ersten Autos entgegen. Rolf Breitner hatte den Sitz in eine bequeme Position gestellt und starrte aus dem Fenster. Um so mehr überraschte es Biggi, als er den Kopf zu ihr drehte und sie anlächelte.
„Möchtest Du bei mir schlafen?“

Sie reagierte gar nicht. Sie konnte nicht denken. Ihr Kopf war leer und ihre Knie zitterten immer noch.
„Was hast Du gesagt? Das kann doch wohl nicht wahr sein! Ich setze Dich jetzt ab und fahre nach Hause. Du weißt gar nicht, wo Du mich hineingezogen hast!“, schrie sie ihn an. Rolf antwortete nicht. Mit einem Ruck kam er aus seiner fast liegenden Position nach oben und saß aufrecht im Wagen.
„Der Hammer!“, rief er.
„Wir haben den Hammer vergessen! Er lag neben der Bank!“
Biggi trat auf die Bremse und der Wagen blockierte.
„Ich kann nicht mehr. Ich mache nicht mehr mit!“ kreischte sie hysterisch.
Mit einer lieben, fast melancholischen Stimme versuchte er, sie zu beruhigen.
„Bitte! Fahre doch wenigstens noch einmal dort vorbei. Der Hammer darf nicht gefunden werden!“, flehte er inständig. Biggi verstand sich selber nicht mehr. Wenn ihr das jemand vorher erzählt hätte, würde sie ihn jederzeit für verrückt erklären. Also wendete sie den Wagen und fuhr zurück. In langsamer Fahrt lenkte sie das Auto vorbei an dem kleinen Park in Richtung Bahnhof. Ein Polizeiwagen stand mit geöffneten Türen in der Nähe der Parkbank, auf der Rolf gesessen hatte. Polizisten liefen aufgeregt umher. Dem hektischen Treiben nach zu schließen, war es offensichtlich, dass die Beamten den blutverschmierten Hammer gefunden hatten, sonst würden sie anders reagieren. Es fiel aber nicht sonderlich auf, dass sie sich für die dortigen Vorgänge interessierten, da mittlerweile der Berufsverkehr einsetzte und viele Leute auf dem Weg zur Arbeit waren.
„Wohin soll ich fahren?“, fragte Biggi verzweifelt.
„Zu meiner Wohnung. Das ist hier ganz in der Nähe“, sagte Rolf. Bis zur Steinmetzstraße war es nicht weit. Sie stellte den Wagen auf dem Gelände einer Firma ab. Bevor sie den

Wagen verließen, überzeugten sie sich, dass ihnen niemand gefolgt war. Rolf ging auf ein Mehrfamilienhaus zu und schloss die Haustüre auf. Im Vorbeigehen zog er eine Zeitung aus dem Briefkasten und ging durch das Treppenhaus in die erste Etage. Er schloss eine Türe auf, zog sein Jackett aus und hängte es an die Garderobe im Flur. Die Wohnung war relativ groß und sehr exklusiv eingerichtet.
„Kann ich bitte die Toilette benutzen?"
„Natürlich. Zweite Türe links".
Biggi verschloss die Türe. Beim Anblick der Dusche bekam sie einen unwiderstehlichen Drang sich zu waschen. Sie duschte so heiß, wie sie es ertragen konnte, als ob sie mit dem Wasser das Erlebte hätte abwaschen können. Sie frottierte sich ab und zog kurzerhand einen Bademantel über, der an einem Kleiderständer in der Ecke des Bades hing. Im Spiegel sah sie eine junge Frau, die sie bis vor einigengen Stunden noch nicht gekannt hatte. Rolf saß im Wohnzimmer auf dem Sofa und hatte seine Füße auf dem Tisch abgelegt. In der Hand hielt er einen Drink mit Whisky und lächelte sie an, als sie den Raum betrat.
„Willst du auch einen auf den Schrecken?", fragte er lächelnd.
„Ja bitte. Wenn es geht, einen Doppelten mit Eis!", erwiderte Biggi.
Rolf stand auf, nahm ein Glas aus der Bar, warf mit den Fingern zwei Eisstücke hinein und goss es halb voll. Sie setzte sich in einen bequemen Ledersessel und lehnte sich zurück. Rolf reichte ihr das Glas und stieß mit ihr an.
„Danke Biggi! Du hast mich gerettet!"
Sie saß ihm gegenüber und schaute ihm in die Augen. Sie sahen so traurig aus, wie die eines Bernhardiners. Doch auch gleichzeitig so funkelnd, wie ein Diamant am Abendhimmel.

Eine seltsame Stimmung lag über ihnen. Offensichtlich war es nach dieser abscheulichen Gewalt ein Bedürfnis nach Geborgenheit und Frieden. Biggi stand auf und kuschelte sich unter seinen Arm hindurch an seine breite Schulter. Der Gürtel ihres Bademantels lockerte sich und seine Augen glitten über ihren halb nackten Körper.
„Warum machst Du das für mich?"
Biggi schwieg. Sie fielen sich in die Arme und küssten sich. Sie spürte, wie sich seine Hände den Weg unter ihrem Bademantel suchten und behutsam den Körper hinab glitten. Es konnte gegensätzlicher nicht sein. Emotionen und praktizierte Gewalt prallten aufeinander. In einem Gefühl der Singularität sanken sie miteinander verschlungen in die Kissen.
Am späten Nachmittag wachte sie in seinen Armen auf. Rolf schlief noch. Er lag nackt neben ihr und atmete in tiefen Zügen. Sie setzte sich auf und betrachtete ihn. Konnte dieser Mensch etwas Böses tun. Nein, das konnte er nicht. Es war ihr unmöglich so etwas zu denken. Behutsam legte sie eine Decke über seinen schlafenden Körper und huschte ins Bad. Als sie ins Schlafzimmer kam, lag Rolf immer noch schlafend im Bett und atmete in tiefen Zügen. Leise nahm ihre Sachen mit in den Flur und zog sich an. In der Küche stand noch diese Tüte mit den persönlichen Gegenständen des Toten. Ihre Neugier war einfach zu groß. Sie wollte wissen, wer dieser Mann war. Kurzerhand schüttete sie den Inhalt der Tüte auf dem Tisch aus. Zu ihrer Enttäuschung gab es keine Papiere oder Hinweise, aus denen sein Name zu entnehmen war. Mit Ekel betrachtete sie das Geldbündel mit großen Scheinen. Es stellte sich ihr die Frage, was der Mensch mit so viel Geld gewollt hat. Außerdem war da noch dieses Päckchen. Mit einem Küchenmesser schnitt sie die Verpackung auf und hielt eine grünbraune Masse in Händen,

die einen eigentümlichen, schwer zu beschreibenden Geruch abgab, der ungeheuer würzig war und sie an Thymian, Kümmel oder ähnliche Gewürze erinnerte. Haschisch. Das war es. In einem Anfall von Erleuchtung und Selbstmitleid wickelte sie die Masse wieder ein. Sie wollte nicht wirklich wissen, was dieser Typ mit dem Zeug vorhatte. In einer Schublade fand sie einen Schreibblock. Kurz entschlossen schrieb sie einige Zeilen auf.

„Lieber Rolf! Ich wollte Dich nicht wecken, wollte Dir aber sagen, dass ich dich mag. Du weißt, wo Du mich findest!"

Sie legte den Brief auf den Wohnzimmertisch, wo er nicht zu übersehen war. Durch den Türspalt warf einen letzten Blick ins Schlafzimmer. Leise schloss sie die Türe und verließ das Haus.

Es war für ihn ein überwältigendes Gefühl mit dem vollgepackten Wagen in Richtung Heimat zu fahren. Die fünfzig Kilometer schaffte er locker in einer Stunde. Er hatte es nicht eilig und genoss diese Fahrt, obwohl Anne Geburtstag hatte, die gesamte Familie eingeladen war und er gerade seine Prüfung bestanden hatte. Es hinderte ihn aber nicht daran, gemütlich zu fahren. Es war ihm in diesem Augenblick egal, ob der Kaffee kalt wurde oder ob die Sahnetorte zusammen rutschte. Jonas Reizholz war im vergangenen Monat 39 Jahre geworden. Mit seinen kurzen dunklen Haaren und seinem gepflegten Äußeren machte Jonas nicht den Eindruck eines Kriminalbeamten. Beim ersten Eindruck dachte man, er wäre Arzt oder Musiker. Mit seinem schmal geschnittenen Gesicht und den dunklen, wachsamen Augen, hatte er eine besondere Ausstrahlung, der zum Kummer seiner Gattin so manchen neugierigen Frauenblick anzog. Langsam kam Krefeld in Sicht. Der mächtige Turm der Liebfrauenkirche war schon aus weiter Entfernung zu erkennen. Krefeld lag recht zentral in der Nähe von Düsseldorf, nicht weit von der holländischen Grenze entfernt. Die Landschaft war hier nicht ganz so flach, wie am übrigen Niederrhein. Die letzte Eiszeit hatte der Gegend einige kleine Erhebungen und Hügel hinterlassen. Hier hatte er zehn Jahre als Polizeibeamter im Streifendienst seinen Dienst geschoben, bis er vor drei Jahren die Chance bekam, sich für einen Posten bei der Kriminalpolizei zu bewerben. Er hätte nicht gedacht, dass er ohne Probleme diese Prüfungen bestehen würde, zumal er schon so oft mit seinen Vorgesetzten zusammengerasselt war. Eher hätte er vermutet, dass man versucht, ihm so viele Steine wie möglich in den Weg zu legen. Vielleicht war man aber auch nur froh, ihn auf diesem Wege los zu werden. Langsam bog er von der Hauptstraße in den Zornweg ein und fuhr gemächlich den unbefestigten Weg hoch, immer darauf achtend, den großen Pfützen auszuweichen, die der Regen der letzten Tage hinterlassen hatte und schon fast aussahen, wie kleine Teiche. Als er den Wagen vor dem Haus abstellte, sprang ihm sofort das bunte Schild über der Türe ins Auge. „Herzlich willkommen, Herr Kommissar!“

Mit einem Ruck wurde die Haustüre aufgerissen und die ganze Familie stürzte auf ihn zu, Anne und die Zwillinge voran. Sie sprangen ihm um den Hals und Anne setzte ihm einen karierten Schlapphut auf den Kopf.

„Herzlichen Glückwunsch Sherlock Holmes!“ kicherte Anne und gab ihm einen dicken Kuss auf den Mund.

„Wir warten schon eine Ewigkeit auf Dich. Wo bist Du denn geblieben? Wir dachten schon, Du hättest bereits Deinen ersten größeren Fall übernommen.“

Alle lachten, kamen auf ihn zu und schüttelten ihm die Hand. Schwiegervater grinste über das ganze Gesicht und klopfte ihm bestätigend auf die Schulter. Im Wohnzimmer war eine festlich geschmückte Tafel vorbereitet und die Zwillinge hatten sogar einige Girlanden an den Deckenbalken befestigt, sodass einer ausgelassenen Feier nichts im Wege stand.

Am nächsten Morgen wurde er mit einem ordentlichen Kater wach. Mit einem Satz sprang er aus dem Bett und stellte sich unter die Dusche. Schließlich wollte er an seinem ersten Tag nicht zu spät kommen. In der Regel war es so, dass die Neuen in der Abteilung die ungeliebten Arbeiten zu erledigen hatten. Insgeheim hoffte er allerdings, dass es ihm nicht so ergehen würde. Schließlich gehörte er in seiner bisherigen Dienstzeit einer zivilen Fahndungsgruppe an, die auf respektable Erfolge zurückschauen konnte. Anne steckte ihren Kopf durch die Badezimmertüre.

„Morgen Schatz, brauchst Du noch lange. Das Frühstück ist fertig und ich muss um neun Uhr in der Klinik sein. Übrigens soll ich Dir von Deinen Töchtern ausrichten, dass sie sich freuen, heute Mittag mit Dir schwimmen zu gehen!"

Ihm fiel siedend heiß ein, dass er den Mädchen während der Feier versprochen hatte, ins Freibad zu gehen.

„Ich bin gleich soweit, aber nach dem Abend brauche ich etwas Kräftiges zum Frühstück. Muss mal schauen, ob das klappt mit dem Schwimmen."

Anne rümpfte die Nase und setzte sich an den gedeckten Frühstückstisch. Sie biss in ihr Brötchen und musterte ihn aufmerksam.

„Das war aber nicht Dein Ernst, oder?", fragte sie beiläufig, als er am Tisch Platz nahm.

„Was meinst Du, Schatz?"

Er nahm das Messer und öffnete gekonnt das Ei.

„Du weißt genau, was ich meine. Dein Termin mit den Mädchen!"

Annes Stimme war betont ruhig. Wenn sie in dieser Form mit ihm sprach, konnte man förmlich heraushören, dass ihr sehr viel daran gelegen war, ihre Interessen durchzusetzen, wie sie es auch in ihrem Beruf als Psychologin gewohnt war.

Außerdem war sie der Auffassung, dass er als Vater eine besondere Vorbildfunktion hatte, aus der die Kinder Verlässlichkeit lernten.
„Natürlich werde ich versuchen, mit den Mädchen schwimmen zu gehen. Ich weiß aber noch nicht, wann ich zurück bin. Es könnte schon später Nachmittag werden!"
Ein Lächeln huschte ihr über das Gesicht.
„Na dann bin ich ja beruhigt. Du weißt, dass die Mädchen Dich während des Studiums sehr vermisst haben!"
Er gab Anne einen Kuss auf die Wange und machte sich auf den Weg zum Präsidium. Es war ein sonniger Tag und in der Stadt waren ungewöhnlich viele Menschen unterwegs. Man hatte den Eindruck, als ob jeder das schöne Sommerwetter, nach den langen Regentagen der letzten Woche, ausnutzen wollte. Er stellte seinen Wagen vor dem Präsidium ab und betrat das Gebäude. Im Flur traf er auf Ronny Tadler, der ebenfalls nach dem Studium seinen ersten Tag hatte. Ronny war eine stattliche Erscheinung. Mit einer Körpergröße von zwei Metern, den blonden kurzen Haaren und seiner kräftigen Statur, sah er aus wie ein professioneller Basketballspieler.
„Hallo Jonas, Du siehst ein wenig zerknittert aus, ich hoffe, Du hast nicht zu viel gefeiert? Weißt Du schon, in welche Abteilung Du kommst?"
Ronny und Jonas hatten vor dem Studium als Team zusammengearbeitet und hofften, in die gleiche Abteilung zu kommen.
„Meine Frau hatte gestern Geburtstag und da haben wir natürlich etwas gefeiert. Es ist auch ziemlich spät geworden. Was hast Du Schönes gemacht?"
„Ich habe in der vergangenen Woche die Veronika kennengelernt. Keine Ahnung, ob Du sie gesehen hast. Das ist die Blonde mit dem langen Zopf. Wir waren zusammen

essen und wollen vielleicht am Wochenende an die Nordsee nach Renesse fahren. Mal schauen, ob das mit dem Dienst hinhaut!“

Ronny machte kein glückliches Gesicht. Offensichtlich war das Treffen mit der blonden Veronika nicht so erfolgreich verlaufen, weil er solche Anlässe meistens vermasselte. Sie benutzen den Paternoster und sprangen in der dritten Etage heraus. Im Flur herrschte hektisches Treiben. Sie begegneten vielen bekannten Gesichtern und nickten sich wortlos begrüßend gegenseitig zu. Nach kurzer Vorstellung meldete sie die Sekretärin beim Leiter der Direktion. Kriminaldirektor van Alsdorf saß hinter seinem Schreibtisch und blätterte interessiert in ihren Personalakten. Der Chef, wie man ihn kurz nannte, war ein erfahrener Kriminalist, etwa Mitte fünfzig und hatte, für sein Alter durchaus ungewöhnlich, kein graues Haar. Sein kurzgehaltener Schnauzbart verlieh ihm das Aussehen eines britischen Piloten. Beim Betreten des Raumes sprang er aus seinem Stuhl und ging auf die Neuankömmlinge zu. Aus der Art, wie er sich bewegte, konnte man vermuten, dass er sehr muskulös und sportlich aktiv war.

„Bitte nehmen Sie Platz meine Herren!“

Er wies mit der Hand freundlich auf einen ovalen Besprechungstisch, auf dem drei Kaffeegedecke bereitgestellt standen.

„Nun ich freue mich, dass Sie Ihr Studium so erfolgreich abgeschlossen haben und nun unsere Dienststelle verstärken. Natürlich habe ich Ihre Akten ausführlich studiert und bin zu der Überzeugung gekommen, dass sie entsprechend Ihrer Befähigungen in den Kommissariaten eingesetzt werden sollten. Für Herrn Tadler habe ich eine Verwendung im Rauschgiftkommissariat angedacht. Aufgrund Ihrer

Vordienstzeiten werden Sie wahrscheinlich keine Schwierigkeiten haben, sich dort einzufinden!“

Jonas schossen alle möglichen Gedanken durch den Kopf. Wieso setzte er Ronny Tadler ins Rauschgiftkommissariat. Schließlich hatten beide dort gearbeitet und er wäre ebenfalls gerne dort gelandet. Als ob van Alsdorf seine Gedanken gelesen hätte, schaute er Jonas Reisholz an und kramte auf seinem Schreibtisch in den Akten.

„Ich hätte Sie ebenfalls gerne ins Rauschgiftkommissariat versetzt. Hauptkommissar Wiedlof hat mich allerdings gebeten, sein Kommissariat zu verstärken, da dort in der letzten Zeit sehr viel Arbeit liegen geblieben ist. Seine Bitte konnte ich nicht ausschlagen und so kam ich zu der Überzeugung, Sie zur Mordkommission zu versetzen. Da ich Sie als sehr motiviert und anpassungsfähig halte, denke ich, es war eine richtige Entscheidung.“

Jonas und Tadler verabschiedeten sich von van Alsdorf und verließen das Büro. Auf dem Flur zog sich Jonas an einem Wasserspender einen Pappbecher mit Wasser und trank ihn in einem Zug aus.

„Ausgerechnet die Mordkommission und dann auch noch dieser Wiedlof. Wie soll ich mit diesem Typen zusammenarbeiten?“ Ronny Tadler sog gelangweilt den Rauch ein und trabte hinter Jonas auf den Ausgang zu.

„Du Jonas, ich gehe noch mal zum Bensberg. Du weißt ja, dass der nie genug Leute hat. Außerdem könnte ich mir vorstellen, dass er mich heute schon zum Nachtdienst eingeteilt hat.“ Nach einem Klaps auf Jonas Schulter, bog Ronny in einen Seitenflur ab und war froh, sich nicht weiter mit Jonas über das Thema Mordkommission auseinandersetzen zu müssen. Gewöhnlich war es für jeden Beamten eine Herausforderung, in der Mordkommission zu arbeiten. Doch seit dem Wiedlof vor zwei Jahren mit seiner eigenwilligen Arbeitsweise die Leitung übernommen hatte, drückte sich jeder, wenn es nur eben ging. Wiedlof scheute sich auch nicht, sich mit dem Staatsanwalt oder dem Polizeipräsidenten anzulegen, wenn sie sich in seine Fälle einmischten. Das war auch der Grund, warum er in der Kantine immer alleine am Tisch saß.

„Für heute reicht es“, dachte Jonas laut und eilte auf die Ausgangstüre zu.

In Gedanken hatte er noch die Worte seiner Frau im Kopf, das Schwimmen mit seinen Töchtern nicht zu vergessen. Außerdem war es auch für ihn eine gute Gelegenheit nach diesem Schock erst einmal ins Wasser zu springen, und den Kopf wieder freizubekommen. Als er die Türe öffnete, stand Wiedlof mit todernstem Gesicht vor ihm.

„Gut Sie zu sehen, Reizholz. Ich bin gerade auf dem Weg ins Büro, um meine Unterlagen zu holen. Ein Toter wurde gefunden und es gibt viel zu tun!“

Er kramte in der ausgebeulten Tasche seiner Jeans und fingerte einen Autoschlüssel hervor.

„Ich kann mich nicht um die Mordfälle kümmern und auch dann auch noch fahren. Deshalb übernehmen Sie das in Zukunft!“

Martin Wiedlof war ein breitschultriger Mann, Anfang fünfzig. Sein dunkles Haar wurde schon licht, aber er kämmte es nach hinten, so wie er es immer getan hatte. Er hasste es, wenn Männer sich eine Strähne fast bis zur Schulter wachsen ließen, um diese dann kunstvoll so zu platzieren, damit es wie eine vollständige Frisur aussah. Seine grauen Schläfen ließen ihn interessant und klug aussehen. Er achtete auf ein gepflegtes Äußeres, wenn er auch fast ausschließlich in einer Jeans und kariertem Hemd herumlief. Wenn man ihm auf dem Flur begegnete und ihn nicht kannte, würde man nicht ahnen, dass er der Leiter der

Mordkommission war. So war es auch schon häufig passiert, dass sein Assistent Schlips und Krawatte trug und von den Leuten als Chef angesehen wurde.
„Auch das noch!“, dachte Jonas und folgte Wiedlof widerwillig ins Büro.
Am Ende des langen Ganges in der zweiten Etage hatte die Mordkommission ihren Sitz. Gewöhnlich beschäftigten sich die Beamten auch um andere Delikte wie gefährlichen Körperverletzungen oder Raubstraftaten. Das Büro von Wiedlof und ab heute auch das von Jonas Reisholz war karg und rein zweckorientiert, mit zwei gegeneinander ausgerichteten Schreibtischen eingerichtet. Mit einem abschätzenden Blick erkannte Jonas, dass die Computer auch nicht mehr die neuesten Modelle waren. Er setzte sich an seinen Schreibtisch, mit attraktivem Blick auf die Aktenwand und öffnete neugierig nacheinander die Schubladen.
„Das können Sie auch später begutachten!“, sagte Wiedlof mit tonloser Stimme und nahm seine Pistole aus der Schublade. „Los kommen Sie, Reizholz! Wir haben keine Zeit. Ich erzähle Ihnen unterwegs, worum es geht.“
Der blaue Dienstwagen stand auf dem Hof des Präsidiums. Wie bereits angekündigt, stieg Wiedlof auf der Beifahrerseite ein und schaltete am Display des Funkgerätes herum.
„Fahren Sie in Richtung Rheinwiesen, Reizholz. Dort wurde eine Leiche angespült!“ forderte ihn Wiedlof trocken auf. Jonas fuhr so schnell, wie er konnte durch den dichter gewordenen Stadtverkehr. An einer Kreuzung konnte er gerade noch mit quietschenden Reifen einem Kleintransporter ausweichen, der ohne ihn zu beachten aus einer Einfahrt auf die Straße gefahren kam.
„Wollen sie mich mit Ihrer Fahrweise umbringen, Reizholz? Wenn Sie immer so fahren sollten, werde ich mich um einen

anderen Assistenten bemühen. Außerdem ist die Leiche schon tot und läuft uns nicht davon!"

Jonas hätte ihm am liebsten geantwortet, sparte sich aber seinen Kommentar. Außerdem fiel ihm siedend heiß ein, dass seine Zwillinge zu Hause auf ihn warteten. Hinzu kam noch, dass er zwar schon lange bei der Polizei war, es ihm aber immer schwergefallen war, sich mit Leichen auseinander zusetzen, was ihm kleine Schweißperlen auf die Stirn trieb. Als ob Wiedlof es geahnt hätte, lästerte er ihn hämisch von der Seite an.

„Sie sehen nicht gerade glücklich aus, Reizholz! Haben Sie zu Hause Schwierigkeiten oder ist es der Gedanke an die Wasserleiche?"

Jonas gab sich betont lässig, was ihn noch unsicherer erscheinen ließ.

„Ach wissen Sie Wiedlof, ich wollte schon längst zu Hause sein, weil ich meinen Töchtern versprochen habe, mit ihnen Schwimmen zu gehen. Aber ich schätze einmal, daraus wird sicher nichts werden!"

„Sie sind noch verheiratet?", fragte Wiedlof sichtlich erstaunt.

„Wenn Sie länger in der Mordkommission sind, werden Sie feststellen Reizholz, dass Ihre Freizeit immer weniger wird. Wir können uns leider nicht aussuchen, wann wir rausgerufen werden!"

Jonas lenkte den Wagen in einen schmalen Feldweg, der in Richtung der Rheinwiesen führte. Von Weitem konnte man schon das Blaulicht von einem Rettungswagen und der Feuerwehr erkennen. Sie stellten den Wagen ab und gingen die letzten Meter auf einen älteren uniformierten Polizeibeamten zu, der darauf achtete, dass niemand die mit rotem Flatterband umspannte Polizeiabsperrung betrat. Als der Beamte Wiedlof erkannte, ging er zur Überraschung von

Jonas, freundlich lächelnd auf ihn zu und reichte ihm die Hand.
„Mensch Eberhard, ich habe Dich ja ewig nicht gesehen. Wie geht es Dir?"
Eberhard Geißler war vor dreißig Jahren zusammen mit Martin Wiedlof zur Polizei gegangen. Hin und wieder begegnete man sich während des Dienstes. Die Chemie stimmte immer noch, aber diesmal schien Geißler mit der vorgefundenen Situation überfordert. Er war blass im Gesicht und schien völlig außer sich. Sein Lächeln wirkte aufgesetzt.
„Was liegt denn an?", fragte Wiedlof.
„Ein Angler hat eine Leiche aus dem Rhein gezogen. Sieht übel aus!", berichtete Geißler knapp.
Wiedlof nickte.
„Wo ist der Mann?", fragte Jonas Reisholz.
„Der sitzt dort am Wasser. Ich glaube der ist ziemlich fertig!", antwortete Geißler.
„Wir schauen uns erst einmal den Toten an, dann sehen wir weiter!", entschied Wiedlof knapp und schlüpfte unter der Absperrung hindurch.
Jonas Reisholz folgte ihm. Am Ufer standen zwei uniformierte Beamte neben der Leiche, die mit einem Laken abgedeckt war. Wiedlof schaute sich um.
„Das ist ein Rheinarm, der aber noch eine Verbindung zum Fluss hat. Wahrscheinlich hat die Strömung die Leiche hier hineingetrieben".
Jonas Reisholz nickte.
„Machen Sie mal, Reisholz!", sagte Wiedlof und blieb vor der Leiche stehen.

Jonas Reisholz bückte sich und schlug das Leichentuch zurück. Ihre Blicke fielen auf in eine blutige Masse, das sicherlich einmal das Gesicht des Toten gewesen war.
„Da hat aber jemand kräftig zugelangt“, entfuhr es Martin Wiedlof.
Jonas Reisholz wich bei diesem Anblick unwillkürlich einen Schritt zurück.
„Das wird keine Verletzung sein, die von einer Schiffschraube verursacht wurde“, mutmaßte Wiedlof.
„Schauen Sie mal die Taschen nach, ob der Mann Papiere dabei hat!“
Jonas Reisholz nickte und machte sich an die Arbeit, den Toten zu durchsuchen. Es war eine Kraftanstrengung, den stämmigen Mann auf die Seite zu drehen.
„Nichts, nicht mal einen Schlüssel hat der dabei!“, stellte Jonas Reisholz fest.
„Vielleicht haben wir Glück und können ihn über die Fingerabdrücke identifizieren“, sagte Wiedlof.
„Das soll die Spurensicherung als Erstes veranlassen. Ich fahre zurück ins Präsidium und Sie bleiben vor Ort“, sagte Martin Wiedlof kurz, setzte sich in den Wagen und fuhr davon.

Es war bereits später Nachmittag, als Rolf aufwachte. Biggi saß neben ihm auf dem Bett und zog sich an. Er stellte sich schlafend und beobachtete sie mit halb geöffneten Augen, als sie vor dem Spiegel stand und sich das Haar zurechtzupfte. Ihm war nicht zu einem Gespräch zumute und hoffte, dass sie schnell gehen würde. Er hörte, wie sie sich in der Küche zu schaffen machte, und drehte sich weg, als sie sich über ihn beugte und ihm einen Kuss auf die Wange gab. Alles in seinem Kopf drehte sich und seine Gedanken schwankten verzerrt, wie vor einem gekrümmten Spiegel. Er musste es schaffen, diese Bilder los zu werden, die ihn verfolgten. Er sah immer wieder diesen Mann, der ihm wie ein bösartiger Hexenmeister erschienen war und von seiner Seele und seinen Sinnen Besitz ergreifen wollte. Sofort begann sein Herz wie wild zu schlagen und furchtbare Angst ergriff ihn, als er begriff, was geschehen war. War das ein Übergang? Musste er nun sterben? Als er das Zuschlagen der Haustüre hörte, sprang er aus dem Bett und stellte sich unter die Dusche. Wie lange er dort stand und sich mit dem heißen Wasser seine wirren Gedanken aus dem Kopf zu spülen versuchte, konnte er nicht einschätzen. Langsam gelang es ihm, aus dieser unheimlichen fremdartigen Welt zu entfliehen. Allmählich machte sich ein Gefühl des Glückes bei ihm breit und er war unglaublich dankbar, als diese Bilder schwanden. In der Küche sah er das viele Geld und das in Folie gewickelte Paket auf dem Tisch liegen. Er hätte nicht gedacht, dass ihn dieser Anblick in einer solchen Form inspirieren könnte, dass er sogleich Urlaubspläne schmiedete und euphorisch an den Kauf eines neuen Wagens dachte. Fröhlich pfeifend zählte er das Geld. Zwölftausend Mark. Toll.

„Einfach verdientes Geld", sprach er in den Raum.

Fast liebevoll wickelte er das Paket aus und legte den braunen Klumpen auf die Küchenwaage. Knapp ein Kilo. Das würde auch noch mal achttausend Mark bringen. Damit hätte er eine Anzahlung für das Waldhaus zusammen, fiel ihm ein. Er war schon eine ganze Zeit daran interessiert, am Waldrand ein altes Haus zu kaufen. Es lag günstig und war nur knapp einen Kilometer von der holländischen Grenze entfernt. Er kam immer mehr zu der Entscheidung, dass sein Entschluss richtig war, wenn er seine Wohnung hier aufgab. In der nächsten Zeit würde es viel Unruhe geben. Die Polizei würde ihre Ermittlungen aufnehmen und jedem Anwohner unangenehme Fragen stellen. Außerdem hatte Hub ihm seine Wohnung in Venlo angeboten. Sorgsam schob er die kleinen Bildchen auf dem Löschpapier mit dem Zeigefinger zusammen und packte sie zurück in den Briefumschlag. Ein Lächeln huschte ihm über das Gesicht. Kurz entschlossen begann er, zu packen. Er nahm seinen großen Koffer vom Schrank und stellte ihn auf das Bett. Im Handumdrehen warf er seine Sachen hinein. Was er nicht mehr benötigte, stopfte er in Abfallsäcke und schnürte sie zu. Frau Apple hatte ihm die möblierte Wohnung vor einem Jahr vermietet, nachdem er geschieden wurde und aus Kaldenkirchen weg wollte. Sie wohnte im Dachgeschoss und kassierte die Miete an jedem Monatsanfang in bar. Es interessierte ihn nicht, welche Interessen sie verfolgte. Es war ihm egal, ob sic es liebte, Bargeld in Händen zu halten oder ihre schwarzen Kassen zu füllen, um letztendlich an der Steuer vorbei zu agieren. Hauptsache sie ließ ihn in Ruhe. In drei Durchgängen schleppte er seine Sachen ins Auto und verstaute alles im Kofferraum und den Rücksitzen. Die Abfälle aus der Küche stellte er bei den Mülltonnen im Hof ab und verließ die Stadt. Als er die Autobahnabfahrt nahm, war es bereits dunkel. Langsam fuhr er die Düsseldorfer Straße herunter

und stellte den Wagen auf einem kleinen Parkplatz in der Nähe vom Ingenhovenpark ab. Es war für ihn Gewohnheit geworden, an den Wochenenden regelmäßig im Club einzukehren. Hier traf man sich, hier war er bekannt. Um diese Zeit war noch nichts los und er entschloss sich, weiter nach Kaldenkirchen zu fahren. Ihm fiel ein, dass Biggi einen Zettel mit ihrer Telefonnummer auf dem Küchentisch hinterlassen hatte. Im Grunde genommen hatte er nichts gegen Biggi. Schließlich hatte sie ihm in dieser prekären Situation geholfen und er wollte sich nicht vorstellen, was passiert wäre, wenn sie nicht zurückgekommen wäre. Von einer Telefonzelle vor dem Rathaus rief er sie kurz entschlossen an.
„Heinrichs?", meldete sich ihre Stimme.
„Ich bin es, Rolf!", antwortete er.
„Sollen wir uns treffen?", schlug er vor.
„Im Moment ist es schlecht", antwortete sie.
Im Hintergrund hörte er eine Frauenstimme schreien.
„Wer ist das schon wieder. Mir reicht es. In Deinem Alter solltest Du ein eigenes Leben führen und uns nicht auf der Tasche liegen!"
Rolf war erstaunt.
„Was ist bei Dir los?", fragte er.
„Ich habe wieder einmal Streit mit meiner Mutter. Es wird höchste Zeit, dass ich ausziehe!", rief sie in den Hörer. „Ich kann jetzt nicht telefonieren. Du kannst mich später in Kaldenkirchen bei Rosa erreichen", rief sie aufgeregt und legte auf.
Rolf überlegte und war erstaunt darüber, dass Biggi und Rosa sich kannten. Rosa war eine bemerkenswerte Frau. Einerseits betrieb sie einen Nachtklub. Andererseits stand sie als alleinerziehende Frau mit zwei kleinen Kindern mitten im Leben und sorgte für ihre kleine Familie. Im Grunde

genommen war es ihm recht, dass Biggi verhindert war. So hatte er genügend Zeit, um am Waldhaus von Gerd Meindel vorbei zu fahren. Er war seit einigen Jahren mit dem Sägewerkbesitzer befreundet und hatte mit ihm vereinbart, das Waldhaus zu kaufen, wenn er das nötige Kleingeld besaß. Gerd Meindel nutzte die Bleibe nur noch zeitweilig für seine Wochenendaufenthalte und es war ihm im Laufe der Zeit zu mühselig, das Anwesen in Ordnung zu halten. Bei einem Unfall im Sägewerk war er von einem herabstürzenden Baumstamm eingeklemmt und schwer verletzt worden. Seit dieser Zeit hatte er Hüftprobleme und war stark gehbehindert. So kam es ihm gelegen, dass Rolf mit seinen handwerklichen Fähigkeiten das Haus in Ordnung hielt und nach dem Rechten schaute. Er ließ ihm absolut freie Hand und er konnte kommen und gehen, wann er wollte und es interessierte ihn auch nicht, wenn er längere Zeit dort wohnte und das Haus nach seinen Vorstellungen einrichtete. Rolf bog von der Hauptstraße auf den Wirtschaftsweg ab, der zu dem Anwesen führte, stellte den Wagen vor dem Haus ab und ging in den Garten. Das Tor war nur angelehnt. Mit Ausnahme einiger Radfahrer oder Spaziergänger, die das riesige Waldgebiet an der holländischen Grenze genossen, verirrte sich gewöhnlich niemand hierher. Hinter einem angrenzenden Schuppen zog Rolf ein Stahlblech beiseite, unter der sich eine gemauerte Nische auftat. Obwohl ihm niemand gefolgt war, überzeugte er sich misstrauisch davon, dass die Luft rein war, und drehte sich in alle Richtungen um. Er legte vorsichtig das Bündel Geldscheine und einen Teil der Drogen hinein. Den Umschlag mit den LSD-Trips steckte er in die Jackentasche. Sorgsam verschloss er das Versteck wieder und tarnte es mit einem schweren Betonkübel, den er darauf wuchtete und so leicht nicht versetzt werden konnte. Er brauchte sich nicht

zu sorgen, dass sein Versteck nass wurde, da es im Schuppen unter einem Dach lag. Hier im Waldhaus hatte er seine Ruhe und es war nicht zu erwarten, dass Gerd Meindel in der nächsten Zeit auftauchen würde. Dies hätte er ihn wissen lassen. Rolf trug seine Sachen ins Haus und verstaute sie im Schlafzimmer. Die Hitze der vergangenen Tage stand immer noch im Haus und er empfand es als angenehm, den kühlen Luftzug zu spüren, der den Duft von Kiefern und frisch gemähtem Gras durch die weit geöffneten Fenster transportierte. Trotzdem machte sich in seiner Brust eine seltsame Unruhe breit. Wie aus heiterem Himmel sah er wieder diese schrecklichen Bilder vor sich. Das Röcheln des Holländers war wieder in seinen Ohren. Das Zucken seines Körpers, als er immer und immer wieder zuschlug. Nein, er musste hier raus, unter Leute. Er wollte jetzt nicht allein sein und beschloss spontan zu Rosa zu fahren. Dort würde er vielleicht auch Biggi treffen und man könnte sich einen vergnüglichen Abend bereiten. Fluchtartig sprang er in den Wagen und fuhr über die Hauptstraße in den Ort. Er stellte seinen Wagen in der Nähe ab und ging die letzten Meter zu Fuß. Breitner bemerkte, dass seine Hände zitterten. Fast selbstständig fanden seine Finger den Umschlag mit den Trips in seiner Tasche.
„Es konnte nicht schaden", dachte er sich, als er das Papier auf der Zunge zergehen ließ.
Rosa öffnete ihm die Türe.
„Na, das ist ja eine Überraschung. Schön Dich zu sehen! Herein in die gute Stube!", begrüßte sie ihn und gab ihm zum Empfang einen Kuss auf die Wange.
Als er die Bar betrat, sah er Biggi hinter der Theke stehen. Sie war nicht überrascht ihn zu sehen und lächelte. Er stellte sich an den Tresen und zündete sich eine Zigarette an. Rosa folgte ihm.

„Biggi, dieser nette Herr wünscht Damengesellschaft. Würdest Du ihn bitte ein wenig unterhalten?“, fragte sie mit einem süffisanten Unterton in der Stimme und kniff ihr ein Auge.
„Natürlich, es ist mir doch eine Ehre!“, erwiderte Biggi im gleichen Tonfall.
Rolf gefiel dieses Theater. Er wusste, dass die Frauen sich kannten, zumindest konnte er es sich denken, denn sonst hätte Biggi ihn nicht hier hin bestellt.
„Hallo, mein blonder Engel. Schön Dich im Arm zu halten“, sagte er.
Der Abend verging wie im Fluge und Rolf bestellte einen Drink nach dem anderen. Die hässlichen Gedanken waren aus seinem Kopf verschwunden, ja es ging ihm geradezu blendend. Sie vermieden es, über die vergangene Nacht zu sprechen und redeten lediglich über Belanglosigkeiten.
„Sag mal, sollen wir uns etwas zurückziehen?“, fragte Biggi spontan.
„Dort haben wir etwas mehr Ruhe und können reden“, fügte sie hinzu.
Rolf nickte.
„Den gleichen Vorschlag wollte ich auch gerade machen“, lachte er schallend.
Sie nahmen ihre Gläser und gingen vorbei an der Tanzfläche in einen der hinteren Räume.
„Woher kennst Du Biggi?“, fragte er interessiert.
„Sie ist eine Freundin aus der Ausbildung und ich habe sie vor einiger Zeit rein zufällig getroffen. Ich habe ihr erzählt, dass ich einen neuen Job suche und so hat sie mir angeboten, hier für sie zu arbeiten. Ich habe auch schon zeitweise bei ihr gewohnt. Sie hat in der Nähe von Kempen ein altes Haus, wo sie mit ihren beiden Kindern wohnt“, berichtete sie.

„Und woher kennst Du die Rosa?"
Rolf verzog das Gesicht.
„Ich kenne dieses Biest schon länger. Eigentlich wohne ich hier in der Nähe und hatte die Wohnung in Grevenbroich nur für geschäftliche Zwecke gemietet. Hin und wieder habe ich mit ihr zu tun, weil ich verschiedene Dinge an Bekannte von ihr verkaufe, die hier verkehren", sagte er.
„Ich verstehe", bemerkte sie verständnisvoll.
„Habt Ihr über mich gesprochen?", wollte er beiläufig wissen.
„Nein, sie hat nur gefragt, ob ich einen Freund habe. Da habe ich von Dir erzählt".
„Woher wusstest Du, wie ich heiße?", fragte er interessiert.
„Kannst Du Dich an den gestrigen Abend erinnern? Du hast mir fast alles erzählt. Jetzt hast Du keine Geheimnisse mehr vor mir, so wie Du drauf warst!", entgegnete sie forsch.
„Wie lange arbeitest Du schon für Rosa?", fragte Rolf mit tonloser Stimme.
Biggi bemerkte seinen Unterton in der Stimme.
„Das ist nur vorübergehend. Ich arbeite nur hinter der Theke. Solange, bis ich einen anderen Job gefunden habe", erklärte sie geduldig.
„Lass uns wieder nach vorne gehen!", schlug Rolf vor.
„Sonst meint diese Rosa noch, dass ich dafür bezahlen muss, weil ich mit Dir geredet habe", ergänzte er trocken.
Sie gingen in den Gastraum zurück. Mittlerweile stand ein anderer Mann am Tresen und starrte sie an, als sie den Raum betraten. Er war etwa vierzig Jahre alt und von kräftiger Statur. Seine Stirn wirkte sehr hoch, was vermutlich an den wenigen Haaren lag, das er in früheren Zeiten offensichtlich mit Scheitel getragen hatte. Rosa fiel sofort auf, dass er sehr schmale Lippen hatte und einen gespannten, jähzornigen Gesichtsausdruck besaß, obwohl er sie anlächelte. Er spielte

nervös mit einer Zigarettenschachtel, in dem er sie ständig in seinen Fingern drehte. Es waren grobe, ungepflegte Hände, mit schwarzen abgebrochenen Fingernägeln. Rolf kannte diesen Mann und ging auf ihn zu.

„Hallo Karl! Feierabend?", begrüßte er ihn.

„Heute war der letzte Schultag. Da kann man sich doch wohl mal einen trinken", antwortete der Mann trotzig.

„War ja nur eine Frage", stellte Rolf grinsend fest.

Er nickte ihm zu und stellte sich zu Biggi, die alles interessiert beobachtet hatte.

„Kennst Du den Typen?", fragte sie.

„Das ist Karl Droste. Ein früherer Nachbar von mir. Er ist Hauswart in unserem ehemaligen Haus", antwortete er.

„Er trinkt gerne mal einen über den Durst, obwohl er es nicht vertragen kann", fügte er hinzu.

Man konnte Karl Droste anmerken, dass er ein Auge auf Rosa geworfen hatte. Er zog sie förmlich mit den Augen aus und beobachtete jede ihrer Bewegungen. Rosa machte den letzten Gästen die Rechnung fertig und verabschiedete sie an der Türe. Die Barfrauen zogen sich in die hinteren Räume zurück, um sich umzuziehen, bevor sie sich verabschiedeten. Biggi stand hinter der Theke, spülte Gläser und beseitigte die Spuren des Abends. Rosa zündete sich eine Zigarette an und schaute Rolf ernst an.

„Kann ich dich mal einen Moment sprechen?", fragte sie ernst.

„Klar, was ist los?", sagte Rolf.

„Nicht hier. Unter vier Augen vor der Türe", sagte Rosa knapp.

„Gib dem Karl noch einen Drink aufs Haus", wies sie Biggi an, als sie mit Breitner hinausging.

Karl Droste schaute ihnen nach und rückte näher zu Biggi herüber.
„Wo sind die denn hingegangen?“, fragte er neugierig.
Biggi wusste keine Antwort und ignorierte die Frage, in dem sie vorgab, mit der Abrechnung beschäftigt zu sein.
„Wo sind die hin?“, fragte Droste wieder.
Biggi machte einen großen Whisky-Cola fertig und stellte ihn vor seine Nase, in der Hoffnung, dass er damit zufrieden war.
„Wo ist Rosa hin?“, insistierte er eigensinnig und schaute ständig zur Türe.
„Ich nehme an, dass Rosa dem Rolf ihren Wagen zeigen will. Da ist was mit dem Motor nicht in Ordnung“, antwortete Biggi spontan.
Sie bemerkte, dass Karl Droste ziemlich betrunken war, denn ihm fiel ständig die brennende Zigarette auf den Boden. Umständlich bückte er sich jedes Mal und verteilte die Asche mit seinem Fuß.
„Du kannst mir viel erzählen“, lallte er.
„Ich finde es nicht gut, dass der Kerl ein Verhältnis mit der Rosa hat. Schließlich ist der doch verheiratet und hat Kinder. Aber dem Gangster ist alles egal und nimmt sich, was er kriegen kann. Ihm geht es doch nur darum, dass Rosa dafür sorgt, dass der seine geklauten Sachen verscheuern kann!“
Biggi ließ sich nicht anmerken, dass sie erstaunt war. Was hatte er noch gesagt. Rolf hatte ein Verhältnis mit der Rosa? Das konnte und wollte sie sich nicht vorstellen. Völlig unerwartet warf Droste verärgert seine brennende Kippe in den Drink, stand auf und torkelte ohne ein Wort zur Türe hinaus. Biggi folgte ihm zum Ausgang und sah, wie er schwankend über den Parkplatz ging und in der Dunkelheit verschwand.

„Gott sei Dank, der ist weg".
Erst jetzt bemerkte sie, dass Rosa und Rolf nicht vor der Türe standen, so wie sie es erwartet hatte. Gewissenhaft verschloss sie die Türe, um zu verhindern, dass Droste es sich vielleicht noch einmal anders überlegte. Sie zog ihren Mantel über und wartete im Lokal. Außer dem Surren der Kühlschränke war es totenstill. Die Tatsache, dass Rolf und Rosa verschwunden waren, bereitete ihr Kopfzerbrechen. Von grenzenloser Neugier getrieben beschloss sie, nachzusehen. Es war eine dunkle Nacht. Die Hitze des vergangenen Tages hatte sich immer noch nicht verflüchtigt. Auf der Straße sah sie, dass sie in der Eile vergessen hatte, das Transparent auszuschalten. Die roten Leuchtbuchstaben prangerten immer noch an der Hauswand und warfen ein bizarres Bild in die Nacht. Sie zermarterte sich den Kopf mit den Gedanken, wo Rolf und Rosa stecken könnten. Hatte Droste recht mit seiner Vermutung? Wenige Schritte entfernt bemerkte sie ihn. Er stand an einem Gebüsch und kotzte sich die Seele aus dem Hals. Angewidert verharrte sie im Schutz einer Hecke. Das Würgen verstummte und er setzte seinen Weg fort. Leise folgte sie ihm und versuchte sich im Schatten der Sträucher zu halten, um nicht entdeckt zu werden. Unvermittelt bog er auf das Gelände einer Sportanlage ab und blieb abrupt stehen. Offensichtlich hatte er etwas gehört. Als ob er seinen Alkohol im Galopp verloren hätte, schlich er geschmeidig wie eine Katze durch das Strauchwerk. Immer wieder innehaltend und sich umschauend. In der Entschlossenheit eines Einzelkämpfers pirschte Biggi hinter ihm her. Droste kauerte regungslos hinter einem Baum und lauschte. Jetzt hörte sie es auch. Es waren die Stimmen von Rolf und Rosa. Nun war es ihr egal. Sie wollte endlich wissen, was hier gespielt wurde. Hinter einem dicht gewachsenen Haselnussstrauch fand sie die

richtige Deckung und wartete genau wie Droste. Von diesem Versteck war alles zu überblicken. Rosa und Rolf saßen auf der Bank eines kleinen Kinderspielplatzes und unterhielten sich. Er hatte seinen Arm lässig um ihre Schulter gelegt. Als Rosa ihm einen Kuss auf die Wange gab, sprang Karl Droste aus seinem Versteck. Wutschnaubend stand er vor ihnen, was Breitner nicht sichtlich überraschte.

„Was willst Du hier, Droste?“, fragte er ruhig.

„Ich, ich mache nicht mehr mit!“, stotterte er vor Aufregung. „Du weißt Rosa, dass ich Dich liebe. Ständig weist Du mich zurück. Wenn Ihr ein so inniges Verhältnis habt, will ich meinen Anteil haben? Sofort, versteht sich!“, schrie er völlig außer sich.

Er zündete sich eine Zigarette an und setzte sich demonstrativ auf die Nachbarbank. Rolf schaute ihn mit stechenden Augen schweigend an.

„Wenn ich die Knete nicht kriege, gehe ich zu den Bullen, darauf könnt Ihr Euch verlassen!“, sagte er mehr zu sich als zu den Anderen.

“Ich weiß nicht, was das jetzt soll. Gut, wir haben miteinander geschlafen. Das war aber nicht aus Liebe, sondern Du hast dafür gezahlt. Begreif doch endlich, dass zwischen uns nichts läuft!“, antwortete Rosa aufgeregt.

Karl Droste war die Aufregung anzumerken. Er atmete heftig und fasste sich immer wieder an den Kopf, was vielleicht auch auf den konsumierten Alkohol zurückzuführen war.

„Ich verstehe das sehr gut. Ich bin doch nicht blöd. Ich habe schon lange gemerkt, dass zwischen Euch was läuft!“ schrie er und wandte sich Rolf zu.

„Ich mache aber Euer mieses Spiel nicht mehr mit. Los Breitner, rücke meinen Anteil raus, sonst lasse ich Dich und Deine Tussi dort hochgehen!“, sagte er abwertend.
Rolf merkte, dass hier alles aus dem Ruder lief. Ärger konnte er in seiner Situation überhaupt nicht gebrauchen.
„Ich weiß gar nicht, was Du für einen Anteil meinst?“, sagte er betont lässig und provozierte Droste durch seine Art noch zusätzlich.
„Ach nein, das weiß der gute Rolf nicht. Dann werde ich Dir mal auf die Sprünge helfen. Ich meine das Geld, das Du für das Rauschgift von dem Holländer bekommen hast. Dem Mann, den Du in Grevenbroich immer triffst!“
Langsam wurde Rolf nervös. Er begann zu schwitzen und merkwürdige Bilder in sich aufsteigen. Wenn er Droste anschaute, sah er immer nur sein wutverzerrtes Gesicht, das sich zu einer Grimasse wandelte. Dennoch bemühte er sich, Fassung zu bewahren.
„Der Holländer kommt nicht mehr. Wir haben uns gestritten und dann ist der abgehauen. Das Haschisch hat der mitgenommen!“, antwortete er arglos.
„Das glaube ich Dir nicht, Breitner!“, schrie Karl Droste, sprang auf und ging wie eine Furie auf ihn los.
Damit hatte Rolf Breitner nicht gerechnet. Droste packte ihm an den Kragen und schüttelte ihn.
„Ich will sofort mein Geld, hast Du mich verstanden?“, schrie er außer sich.
Er ließ Rolf los und schubste ihn auf die Bank zurück. Rolf stand auf und ordnete seine Kleidung. Er musste Ruhe bewahren und nur keinen Fehler machen.
„OK, ich habe noch was von dem Stoff im Wagen. Ich hole es Dir. Dann kannst Du es selber verkaufen. Geld kann ich Dir nicht geben. Ich habe nämlich keins mehr. Bist Du jetzt zufrieden, Du Scheusal?“, sagte Rolf.

Karl Droste wirkte mit sich zufrieden, was er erreicht hatte und setzte sich zurück auf die Bank.
„Na also. Das ist doch ein Angebot. Los! Hol das Zeug! Wir warten hier!“, forderte er ihn auf.
Rolf stand auf und ging wortlos zurück zur Bar, vorbei am Versteck von Biggi, die alles beobachtet hatte. Völlig verunsichert sprang Rosa auf.
„Wo gehst Du hin, Rolf? Du kannst mich doch nicht mit dem Kerl hier allein lassen!“, rief sie hinter ihm her.
Droste sprang auf und drückte sie zurück auf ihren Platz.
„Du bleibst schön hier, bis der zurückkommt! Hast Du mich verstanden?“ Rosa nickte und ergab sich ihrem Schicksal.
Wie von Sinnen ging Rolf zu seinem Wagen. Einen kleinen Teil des Rauschgiftes hatte er in einer Plastiktüte unter dem Sitz versteckt. Den Wagen hatte er schnell erreicht. Er öffnete die Türe und griff nach der Tüte. Er ließ sich Zeit. Warum sollte er sich beeilen? Droste war ungeduldig und würde schon warten. Er durfte keinen Fehler machen. Sich beruhigen. Erst einmal runter kommen. Er wusste nicht, wie lange er dort gestanden hatte, als er merkte, dass der Boden unter seinen Füßen zu schwanken begann. Er hatte das Gefühl als würden seine Beine und Arme immer länger. Hatte er zuvor noch geschwitzt, so liefen ihm nun kalte Schauer über den Rücken. Ihm wurde klar, dass er zurück musste. Langsam ging er den Weg zurück und er hatte das Gefühl zu schweben. Das Licht der Laternen wirkte in grotesken Farben und er glaubte, Schatten würden nach ihm greifen. Fast lautlos kam er zurück zu dem kleinen Spielplatz, wo Droste und Rosa auf ihn warteten. Er sah, dass Droste seinen Arm um ihre Schulter legte und mit der Hand an ihr Knie fasste. Rosa sprang auf und setzte sich auf die andere Bank.
„Lass mich in Ruhe, Du Ekel!“, rief sie Droste zu.

Er stand auf und ging langsam auf Rosa zu. Droste bemerkte nicht, dass Rolf Breitner plötzlich mit der Plastiktüte in der Hand hinter ihm stand.
„Lass sie in Ruhe, Droste!“, sagte Rolf energisch.
„Sonst lernst Du mich kennen!“
Karl Droste drehte sich langsam zu ihm um und ließ von Rosa ab.
„Sprich mich nicht wie einen dummen Jungen an, Breitner. Gib das Zeug her und verschwinde. Die Rosa bleibt hier!“, sagte er entschlossen.
Er griff zu der Tüte und wollte sie Rolf aus der Hand reißen. Das war aber zu viel. Beide Männer begannen, sich zu schlagen. Droste landete mit der Faust einen Volltreffer in Rolfs Gesicht. Benommen wich er zurück. Sein Gesicht versteinerte sich zu einer Grimasse und konterte mit einer Stafette von Faustschlägen. Von den gezielten Schlägen getroffen, ging Droste zu Boden. Rolf war außer sich vor Wut, kniete über ihm und schlug ohne Unterlass auf Droste ein. Rolf Breitner fühlte im Sand neben sich einen schweren Stein. Er nahm ihn mit beiden Händen hoch, holte bis in den Nacken aus und wuchtete ihn mit aller Kraft auf Drostes Kopf, wo er krachend landete. Karl Droste bewegte sich nicht mehr. Breitner blieb auf ihm sitzen und starte ihn an.
„Bist Du denn wahnsinnig geworden?“, schrie Rosa, die alles beobachtet hatte, und begann hysterisch zu schreien.
„Du hast den Droste umgebracht. Mein Gott, der Droste ist tot!“
Wie von Sinnen rannte sie davon. Sie trug noch ihre Pöms, blieb stehen, zog sie aus und rannte weiter, als ob der Leibhaftige sie verfolgte. Rolf Breitner stand wie versteinert vor dem Toten. Leise begann er zu lachen, immer lauter, bis das Lachen in ein Schluchzen überging. Er kniete vor dem

leblosen Körper nieder, hielt die Hände vor das Gesicht und heulte. Alles war voller Blut. Eine Szene wie aus einem Horrorfilm. Biggi hatte ebenfalls alles mit angesehen. Sie hockte immer noch wie zu einer Salzsäule erstarrt hinter ihrer Deckung und rührte sich nicht. Langsam stand sie auf, ging auf Rolf Breitner zu und zog ihn von der Leiche weg. Seine Hände, die Kleidung, sein Gesicht, alles war voller Blut.

„Was hast Du getan, Rolf?“, hörte sie sich fragen.

Sie nahm die Tüte vom Boden auf und half ihm auf die Beine. Er war vollkommen apathisch. Mit Gewalt zog sie ihn vom Ort des Schreckens weg. Es begann langsam zu dämmern und die Vögel begannen ihren Gesang, als ob sie damit von dem grausigen Mord ablenken wollten. Sie gingen gemeinsam schweigend in Richtung Rosas Bar. Kein Mensch war auf der Straße und niemand hatte etwas bemerkt. Biggi schloss die Türe zur Bar auf. Rolf zog die blutverschmierten Klamotten aus und wusch sich. Biggi gab ihm einen Bademantel, den wohl irgendjemand im Badezimmer an der Garderobe vergessen hatte.

„Was machen wir nun?“, fragte sie verzweifelt und war nicht in der Lage, einen klaren Gedanken zu fassen.

„Die Leiche muss da weg. Man darf ihn dort nicht finden!“, sagte Rolf mit überraschendem Nachdruck.

Ihr liefen Schauer über den Rücken, wenn sie nur daran dachte, noch einmal zurückgehen zu müssen.

„Ich gehe nicht wieder dort hin und fasse den auch nicht an!“, antwortete Biggi entschlossen.

„Aber was ist mit Rosa? Was ist, wenn die zur Polizei geht?“, fragte Biggi ängstlich.

Rolf ging hinter die Theke, schüttete sich ein großes Glas Weinbrand ein und trank es in einem Zug aus.

„Die geht nicht zur Polizei. Dafür steckt die viel zu tief drin, in der ganzen Sache!", stellte Rolf selbstsicher fest. „Stimmt es, dass Du verheiratet bist, so wie Droste es behauptet hat?", fragte Biggi.

Ihr brannte die Neugier förmlich auf den Fingernägeln und wollte wissen, ob er die Wahrheit gesagt hatte. Rolf Breitner schaute sie verärgert an.

„Muss das jetzt sein?"

„Ja, ich war bis vor einem halben Jahr verheiratet und habe zwei Kinder. Jetzt bin ich geschieden. Bist Du jetzt beruhigt?"

Es war zwar unfassbar, aber jetzt war sie tatsächlich beruhigt. Wie sollte sie diesem Mann helfen und zur Seite stehen, wenn er mit einer anderen Frau zusammenlebte.

„Wohnst du noch bei Deiner Frau und den Kindern?", fragte Biggi.

„Du hast doch gesehen, dass ich in Grevenbroich wohne. Die Wohnung habe ich jetzt wohl aufgegeben!"

Biggi schwieg und überlegte genau, was sie sagte.

„Warum machst Du solche kriminellen Sachen? Ich dachte, Du wärst ein Geschäftsmann!", fragte sie mutig.

Für einen Moment herrschte Stille. Rolf setzte sich in die Sitzgruppe und neigte den Kopf wie zum Gebet.

„Pass mal auf Biggi. Ich bin vor einiger Zeit aus Süddeutschland hierhin gekommen. Ich habe in Stuttgart vier Jahre wegen eines Raubüberfalles im Knast gesessen. Ich habe keine Lust, mich mit Kleinigkeiten abzugeben. Ich möchte leben. Vernünftig leben. Verstehst Du? Der Droste war schon länger im Rauschgiftgeschäft. Er hat mir über Mittelsmänner das Zeug aus Holland besorgt und ich habe es nach Süddeutschland weiterverkauft. Das ist ein einfaches Geschäft, was einen guten Batzen Knete abwirft. Jetzt wollte der Idiot immer mehr Geld haben. Das hat er jetzt davon!"

Biggi wirkte gefasst, als sie seine Beichte hörte. Ihr war klar, dass sie diesen Ort so schnell wie möglich verlassen sollten. Brennende Fragen taten sich auf. Wie würde Biggi reagieren? Was würde sie tun? Wo steckte sie überhaupt? Es war mittlerweile kurz vor sieben Uhr und die Sonne stand voll am Himmel. Die Ruhe auf den Straßen war auf die begonnenen Sommerferien zurückzuführen. Viele lagen noch in den Betten oder waren schon in den Ferien. Außerdem war Wochenende. Rolf und Biggi stiegen in den Wagen und erreichten nach kurzer Zeit das sichere Waldhaus.

Jonas Reisholz legte großen Wert darauf, dass bei einer solch langen Urlaubsreise, das Gepäck sicher untergebracht war. Deshalb überzeugte er sich noch einmal davon, dass die Schrauben des Dachgepäckträgers richtig angezogen waren. „Kommst Du bitte einmal ans Telefon!“, rief Anne aus dem Küchenfenster.
Jonas drehte sich verwundert um.
„Wer ruft denn auf einem Sonntagmorgen an?“, fragte er verwundert.
Anne zuckte mit den Schultern.
„Keine Ahnung. Aber freundlich klang der nicht gerade“, flüsterte sie ihm zu und überreichte ihm den Hörer.
„Reisholz?“, sprach er in die Membrane.
Sein Gesicht veränderte sich schlagartig, als er die Stimme von Hauptkommissar Wiedlof erkannte.
„Morgen Herr Reisholz. Wir haben einen Mordfall zu bearbeiten und ich erwarte, dass sie so schnell wie möglich auf der Dienststelle erscheinen!“, ertönten seine Worte.
„Was ist los? Jetzt? Haben Sie vergessen, dass ich dabei bin, in den Urlaub zu fahren?“, antwortete er entsetzt.
„Hören Sie Reisholz. Ich kann mir vorstellen, dass es nicht schön ist, seinen Urlaub zu verschieben. Es gibt aber keine andere Wahl!“
Jonas Reisholz war die Enttäuschung ins Gesicht geschrieben. „Ja, ich bin schon unterwegs!“
Anne konnte die eben gehörten Worte nicht glauben.
„Was ist los? Was ist mit unserem Urlaub?“
Sie warf das Küchenhandtuch demonstrativ auf den Tisch.
„Wenn Du jetzt gehst, dann gehe ich mit den Kindern ebenfalls!“, sagte sie in einem bekannt energischen Tonfall.
„Aber was soll ich denn machen, Schatz. Ich …!“
Weiter kam er nicht. Anne rannte aus der Küche und knallte die Türe hinter sich zu. Mit schlechtem Gewissen kam Jonas

Reisholz ins Präsidium. Martin Wiedlof saß an seinem Schreibtisch und wartet bereits auf ihn.
„Schön das Sie kommen konnten!“, sagte er.
„Wir haben eine Leiche in Nettetal-Kaldenkirchen. Das ist in der Nähe der holländischen Grenze“.
„Wissen wir schon etwas zum Tathergang?“, fragte Jonas interessiert.
„Wir wissen nur, dass ein Toter auf einem Spielplatz gefunden wurde. Und nun halten Sie sich fest!“
Wiedlof machte es spannend.
„Schon wieder mit eingeschlagenem Schädel“.
„Glauben Sie, dass die Tat etwas mit unserem Toten aus dem Rhein zu tun hat?“, fragte Jonas.
„Möglich ist alles“, erwiderte Wiedlof.
„Wir werden sehen!“
Wiedlof und Reisholz erreichten den Tatort relativ zügig. Ein Gebüsch in der Nähe des Sportparkes war mit weiß-rotem Flatterband markiert. Uniformierte Polizeibeamte sperrten den Bereich weiträumig ab. Etliche Schaulustige standen dicht gedrängt und versuchten neugierig etwas zu erkennen. Wiedlof ging auf einen Beamten zu.
„Morgen, Kollege. Was ist denn passiert?“ fragte er überraschend freundlich.
„Ein Mann hat seinen Hund Gassi geführt. Als er ihn rief und er nicht kam, hat er den Toten gefunden. Offensichtlich liegt er schon länger. Aber wir haben nichts am Tatort verändert“, berichtete er kurz.
Wiedlof und Reisholz tauchten unter dem Flatterband durch und gingen zum Fundort der Leiche. Ein Mann, mittleren Alters lag mit dem Kopf in einer Blutlache. Er trug eine helle Hose und ein dunkles Hemd, wobei die ganze Kleidung mit Blut besudelt war. Neben der Leiche wartete bereits die Pathologin.

„Können sie uns schon etwas sagen, Doktor?“, fragte Jonas Reisholz.
Ihm war klar, dass er gleich wieder gefordert wurde, um die Leiche zu durchsuchen.
„Tag die Herren“, antwortete Dr. Waller.
„Als ich hier eintraf, lag der Tote in dieser Stellung. Ich habe keine Veränderungen vorgenommen. Offensichtlich ist er mit einem stumpfen Gegenstand durch einen Schlag gegen den Kopf getötet worden. Nach der Menge des ausgetretenen Blutes zu urteilen, muss die Schlagwirkung sehr massiv gewesen sein. Ich gehe davon aus, dass der Mann sofort tot war“. Wiedlof nickte.
„Können Sie etwa die Todeszeit einschätzen?“, fragte er.
„Ich denke, man kann an Hand, der vorgefunden Merkmale davon ausgehen, dass der Tod vor etwa acht bis zwölf Stunden eingetreten ist. Genaueres wird die Obduktion ergeben“.
Wiedlof schaute Jonas Reisholz erwartend an.
„Ich weiß schon“, sagte er und zog sich Einweghandschuhe an. Er kniete sich vor den Toten und durchsuchte die Taschen. In der Hosentasche fand er eine Brieftasche, in der mehrere Geldscheine und der Ausweis steckten.
„Der Mann heißt Droste. Karl Droste“, las er ab.
„Eines ist sicher“, sagte Hauptkommissar Wiedlof.
„Es handelt sich nicht um einen Raubmord. Da steckt etwas anderes dahinter!“
Sie gingen ein Stück zurück und gaben den Beamten der Spurensicherung noch einige Anweisungen zur Tatortaufnahme. „Wir werden hier in diesem ländlichen Bereich eine Mordkommission einrichten!“, schlug Martin Wiedlof vor.
Jonas Reisholz nickte.

„Ich glaube, es wird eine Menge Arbeit auf uns zukommen!“, stellte er fest.
Die Mordkommission wurde im Gebäude der örtlichen Polizeiwache eingerichtet. Beamte aus allen Aufgabenbereichen wurden zusammengezogen, um die Kommission um Martin Wiedlof zu unterstützen. Nach den ersten Pressemeldungen standen die Telefone nicht mehr still und so war es nicht verwunderlich, dass verschiedene Beamte an den provisorisch eingerichteten Arbeitsplätzen saßen und telefonierten.
„Haben Sie einen Moment Zeit für mich?“, fragte Jonas Reisholz.
„Ich habe Neuigkeiten“.
Martin Wiedlof sah gestresst aus. Er hielt eine Akte in der Hand und warf sie auf den Tisch.
„Was gibt es?“, fragte er knapp.
„Bei dem Toten handelt es einwandfrei um den Hauswart, Karl Droste. Er war verheiratet und hatte zwei Kinder. Seine Frau hat ausgesagt, er habe das Haus verlassen, weil er noch etwas erledigen wollte. Das sei aber nichts Außergewöhnliches gewesen, weil er ohnehin immer erst spät nach Hause kam“. „Hat er denn gesagt, was er erledigen wollte?“, fragte Wiedlof.
„Nein. Das konnte sie nicht sagen. Als er nicht nach Hause kam, hat sie angenommen, dass er auf seinem Boot sei. Wegen der Ferien brauchte er nicht arbeiten. So war sie wohl völlig ahnungslos, als die Kollegen bei ihr auftauchten und ihr die Nachricht brachten“, erklärte Jonas Reisholz.
„Wo ist der Liegeplatz von diesem Boot?“, fragte Wiedlof interessiert.
„Das Boot liegt auf einem Nebenarm der Maas. Also in den Niederlanden. Ich habe die holländischen Kollegen gebeten,

das einmal zu überprüfen. Die haben nichts Auffälliges festgestellt“.
Wiedlof nickte.
„Haben die Kollegen auch die Nachbarboote überprüft? Ich meine, wenn wir es schon wieder mit Wasser zu tun bekommen, dann sollte man auf so etwas achten!“
Jonas Reisholz hatte sich schon gedacht, dass der Alte nachbohrte.
„Ich habe natürlich daran gedacht, die Nachbarboote zu überprüfen. Die Kollegen konnten niemanden erreichen. Nach ihren Ermittlungen ist ein Eigner ein gewisser Matthias Regen aus Düsseldorf. Den konnte man aber noch nicht erreichen“, verkündete er stolz.
„Gut gemacht, Reisholz“, lobte Hauptkommissar Wiedlof.
„Sie kümmern sich um den Tatort und organisieren eine Befragung der umliegenden Häuser. Vielleicht hat jemand was gehört. Ich werde mich noch einmal mit der Witwe unterhalten“, sagte Wiedlof und stieg in den Wagen.
Er legte den Rückwärtsgang ein und hielt gleich wieder an.
„Reisholz, wir treffen uns anschließend in der Dienststelle auf der hiesigen Wache. Es wäre angebracht gegen Abend die umliegenden Gaststätten aufsuchen, vielleicht hat irgendjemand etwas bemerkt“.
In der provisorisch eingerichteten Zentrale war die Hölle los. Schreibmaschinen klapperten und viele Beamte redeten durcheinander. Als Martin Wiedlof den Raum betrat, wurde es schlagartig ruhig.
„Guten Abend, Kollegen. Es ist schön, dass Sie alle noch bei der Arbeit sind. Wir sollten uns austauschen, was der Tag an Ergebnissen gebracht hat“, sagte Wiedlof.
„Fange ich gleich an“, sagte Rudolf Moritz vom Erkennungsdienst.

„Die Obduktion hat ergeben, dass das Opfer mit einem Stein, den wir neben der Leiche gefunden haben, erschlagen wurde. Außerdem hatte der Tote erheblich Alkohol genossen. In der Nähe des Tatortes haben wir den Absatz eines Frauenschuhs gefunden. Ein sogenannter Pfennigabsatz. Müsste von einem roten Pumps stammen. Die Identität ist geklärte. Mehr können wir nicht berichten".

„Danke Rudolf", sagte Wiedlof.

„Wie sieht es mit der Befragung der Nachbarschaft aus?"

„Wir haben die ganze Umgegend abgeklappert. Viele Leute sind schon im Urlaub. Ansonsten hat niemand etwas gehört oder gesehen", wusste Ronny Tadler zu berichten.

„Ich habe mich noch einmal um die Boote in Holland gekümmert. Das Boot gehörte tatsächlich dem Toten. Sehr ungewöhnlich, da er als Hauswart nur über ein knappes Budget verfügt haben kann. Außerdem hat sich bestätigt, dass das nebenan liegende Boot diesem Matthias Regen gehörte. Diesen Herrn Regen konnten wir nicht erreichen, aber seine Eltern. Der Vater ist Architekt, die Mutter Hausfrau. Sie leben in guten Verhältnissen und sind von Hause aus sehr vermögend. Dieser Matthias Regen ist Student. Zumindest ist er immatrikuliert im Fach Jura. Ob die Eigner sich kannten, oder ob die Boote zufällig nebeneinanderlagen, kann nicht gesagt werden", berichtete Jonas Reisholz.

„Danke Kollegen, ich habe mich heute noch einmal mit der Frau des Toten unterhalten. Sie hat im Wesentlichen alle bisherigen Angaben bestätigt. Wieso sich ihr Mann ein Boot leisten konnte, wusste sie sich auch nicht zu erklären. Ich würde vorschlagen, dass wir für heute Schluss machen und uns morgen in aller Frühe wieder hier treffen. Bis auf den Kollegen Reisholz".

Jonas Reisholz hatte es sich schon gedacht, dass mit einem zeitigen Feierabend nicht zu rechnen war. Dies hatte der Alte auch schon angekündigt.
„Wo geht es hin Chef?", fragte Jonas geduldig.
„Wir nehmen den Wagen und fahren noch einmal zum Tatort. Ich möchte einmal sehen, wie es dort im Dunkeln aussieht. Alles Weitere ergibt sich dort. Einverstanden?"
Jonas Reisholz nickte. Das war das erste Mal, dass eine Art Akzeptanz von Wiedlof herüber kam.
„Wird gemacht Chef. Ich gehe davon aus, dass ich fahre!"
„Richtig erkannt, Reisholz. Dann mal los".
Sie stellten den Wagen in der Nähe des Sportparks ab und gingen ein Stück zu Fuß. Sie waren erstaunt, dass die Straße so gut beleuchtet war. Ohne Schwierigkeiten fanden sie den kleinen Spielplatz, auf dem die Leiche von Karl Droste gefunden wurde. Die Spuren der letzten Stunden waren noch gut sichtbar.
„Setzen wir uns hier auf die Bank", schlug Wiedlof vor.
„Ich suche gerne den Kontakt zu den Opfern. Manchmal können sie dir noch was erzählen, was so manchem Auge entgeht", philosophierte er.
„Was meinen Sie damit? Denken Sie, dass uns noch etwas auffällt, dass die Spurensicherung übersehen haben könnte?"
„Genau. Das denke ich. Häufig sind es Kleinigkeiten. Winzige Details, die uns entscheidend weiter bringen".
Wiedlof kramte in seiner Tasche, zog ein Päckchen Zigaretten heraus und bot Jonas Reisholz eine an.
„Sagen Sie mal, Reisholz. Sie wollten doch in Urlaub fahren. Wie ist die Sache bei Ihnen ausgegangen?", fragte er interessiert.
Jonas Reisholz nahm eine Zigarette und bot dem Kollegen Feuer an.

„Das kann ich Ihnen sagen. Wahrscheinlich ist jetzt meine Ehe gescheitert. Meine Frau ist mit den Kindern ausgezogen und alleine in den Urlaub gefahren".

Martin Reisholz nahm einen Zug und blies den Rauch in den Schein der Laterne.

„So ist das in Polizistenehen", sagte er beinahe belanglos. „Wenn die Frau an Deiner Seite das Verständnis nicht hat, wird es schwierig. Mir ist es ähnlich ergangen. Ich habe zwei Söhne, die aus dem Haus strebten und schließlich ging auch noch meine Frau mit meinem Hund. Jetzt sitze ich alleine in meiner Bude".

Jonas nickte verständnisvoll.

„Was macht man dagegen?, fragte er hilflos.

„Was soll man machen. Man muss sich entscheiden. Ich habe mich für meinen Job entschieden. Fragen Sie mich jetzt bloß nicht, ob es richtig ist".

Martin Wiedlof schaltete eine Taschenlampe ein und leuchtete das umliegende Strauchwerk ab, als ob er irgendetwas Spezielles suchte.

„Kommen Sie Reisholz, wir gehen einmal die Straße ab".

Er stand auf und ging zurück zur Straße. Nach wenigen Metern blieb er stehen.

„Sagen Sie mal, Reisholz. Ist Ihnen aufgefallen, dass dort eine Bar ist. Sie liegt so versteckt auf der anderen Straßenseite. Das ist mir bei Tage überhaupt nicht aufgefallen". Jonas Reisholz grinste.

Er wusste genau, dass es nicht stimmte.

„Doch, die Bar habe ich gesehen. Allerdings ist sie erfahrungsgemäß erst abends geöffnet", reagierte er gekonnt.

„Ich würde vorschlagen, dass wir uns dort mal umsehen. Vielleicht bringt uns das ein Stück weiter", sagte Martin Wiedlof.

Gegen Abend trat Biggi ihren Dienst in der Bar an. Sie hatte den Schlüssel und öffnete mit klopfendem Herzen die Türe. Als sie in den Gastraum trat, stand Rosa vor ihr und schaute auf die Uhr.
„Du bist aber pünktlich. Hier ist noch nichts los!“, sagte sie, als ob nichts geschehen wäre.
Allerdings konnte sie Rosa anmerken, dass es ihr nicht gut ging.
„Ist alles in Ordnung bei Dir?“, fragte sie scheinheilig. Rosa hatte offensichtlich nicht viel geschlafen. Auf der Theke stand eine halb geleerte Flasche Wodka. Sie schien geweint zu haben, denn ihr Make-up war durch die Tränen stark verwischt.
„Was ist los mit Dir?“, fragte Biggi noch einmal.
„Kann ich Dir helfen?“
Völlig überraschend fiel Rosa ihr in den Arm und fing bitterlich an zu weinen.
„Dieses blöde Schwein hat den Droste umgebracht und ich habe alles mit ansehen müssen. Was soll ich nur tun? Wenn ich zur Polizei gehe und alles aussage, bringt der mich auch noch um!“
Immer wieder wischte sie sich mit dem Handrücken die Tränen aus den Augen. Biggi tat erstaunt, denn Rosa konnte nicht wissen, dass sie alles beobachtet hatte. Ohne Hemmungen begann Rosa, ihr das Herz auszuschenken.
„Der Breitner ist vor ungefähr einem Jahr hier aufgetaucht. Alle dachten, er sei Mitbesitzer von einer Fabrik oder einem Sägewerk. Kurz darauf heiratete er eine vermögende Frau mit zwei Kindern, die ihm und seinem Versteckspiel schnell auf die Schliche kamen. Obwohl im Laufe der Zeit jeder wusste, dass er nicht einmal eine Lehre gemacht hatte, ließ er alle im Glauben er wäre ein reicher Mann. Ihm war es egal, was die Leute über ihn erzählten. Es hat es immer

verstanden, irgendwelche Leute um den Finger zu wickeln, um sie für seine Zwecke auszunutzen".
Biggi war sich im Klaren, dass Rosa irgendwann erfahren würde, dass sie mit Rolf zusammen war. Das störte sie in diesem Moment aber überhaupt nicht. Sie schwieg und hörte ihr zu, denn sie wollte erfahren, was mit diesem Mann los war.
„Ich habe den Breitner kennengelernt, als er mit einem Kumpel aus Düsseldorf und dem Karl Droste in die Bar kamen. Die haben Unmengen gesoffen, konnten aber nicht sofort bezahlen. Seine Rechnung bezahlte er einige Tage später, indem er mir eine große Kiste mit Zigarettenstangen und Schnapsflaschen vorbei brachte. Ich habe mir nichts dabei gedacht und die Sachen an alle möglichen Leute verkauft. In den letzten Monaten sind dann der Breitner und der Droste in das Rauschgiftgeschäft eingestiegen. Sie haben hier in meiner Bar einige Männer aus Holland kennengelernt, die ihnen das Zeug für gutes Geld besorgten", erzählte sie.
„Der Droste hat das Zeug über die Grenze geschafft und der Rolf hat es nach Süddeutschland gebracht", berichtete sie weiter.
Die Dinge, die Biggi berichtete passten zu den Informationen, die sie bereits hatte. Das Rolf in solche Machenschaften verwickelt war, hätte sie nicht erwartet. Trotzdem war sie sich sicher, dass Rolf keine Beziehung mit ihr hatte. Es war eine rein geschäftliche Beziehung. Die Dinge, die Rosa in den letzten Stunden erlebt hatte, überstiegen ihre Kräfte. Immer wieder verfiel sie in heftige Weinattacken. Sie war zurzeit nicht in der Verfassung, das Geschäft zu führen, geschweige sich mit den Gästen auseinanderzusetzen. Dies bemerkte Rosa ebenfalls.

„Du Biggi. Ich kann heute nicht arbeiten. Ich bin einfach nicht in der Verfassung. Es wäre mir sehr recht, wenn Du mich heute vertreten könntest“, sagte sie flehend.
Biggi nickte.
„Geht schon klar, ich werde den Laden schmeißen. Den Schlüssel habe ich ja bereits“, lächelte sie.
Rosa wirkte sichtlich erleichtert. Sie nahm ihre Sachen und verließ die Bar. Gegen acht Uhr kamen die Mädchen. Sie wunderten sich nicht, dass Biggi sie erwartete. Alle hatten mittlerweile aus den Nachrichten vom Mord an Droste erfahren, den sie gut kannten, denn er war schließlich Stammgast. Obwohl er auch bei ihnen wegen seiner Art nicht sehr beliebt war, bedauerten alle die grausamen Umstände seines Todes. Der Abend verlief ruhig. Außer zwei betrunkenen Monteuren, die eine kurze Nummer mit Gerda und Marion schoben, verirrte sich niemand in die Gaststätte. Die Mädchen saßen gelangweilt in der Sitzgruppe und unterhielten sich, während aus der Musikanlage Eros Ramazotti plärrte. Biggi saß gedankenversunken hinter der Theke und grübelte. Als es gegen Mitternacht an der Türe klingelte, hoffte sie, dass es Rolf wäre. Sie schaute durch den Spion und sah zwei Männer, die ganz und gar nicht nach Kundschaft aussahen.
„Guten Abend, meine Herren!“, begrüßte Biggi die Männer freundlich.
Wiedlof und Reisholz erwiderten den Gruß, betraten die Bar und setzten sich an die Theke, während sie die Lokalität abschätzend musterten. Die Beleuchtung bestand wie immer aus Rot- und Schwarzlicht, das Biggis weißes Minikleid ziemlich transparent erscheinen ließ. Martin Wiedlof zog seine Kriminalmarke aus der Hosentasche und hielt sie Biggi entgegen.

„Mein Name ist Wiedlof", sagte er ernst und beobachtete ihre Reaktion genau.
„Das ist mein Kollege Reisholz", fuhr er fort.
„Wir sind von der Mordkommission."
Biggi nickte und konnte ihre Aufregung nur schwerlich unterdrücken. Aus Verlegenheit zündete sie sich eine Zigarette an.
„Was kann ich für Sie tun, meine Herren?", fragte sie freundlich.
Wiedlof schaute Jonas Reisholz an, der sofort verstand, dass er das Gespräch führen sollte.
„Wie Sie sicherlich gehört haben, ist in der vergangenen Nacht, ganz in der Nähe Ihrer Bar, der Hauswart Karl Droste umgebracht worden. Wir hätten einige Fragen an Sie!", sagte Reisholz freundlich lächelnd.
Die Mädchen hatten inzwischen den ungewöhnlichen Besuch bemerkt und versammelten sich neugierig an der Theke, um nur nichts zu verpassen.
„Sind Sie die Konzessionsinhaberin?", fragte Reisholz forsch.
Biggi wirkte sehr unsicher und wäre am liebsten im Boden versunken. Noch nie hatte sie in dieser Form mit der Polizei zu tun gehabt.
„Nein, ich vertrete heute nur die Frau Rosa Brenner. Sie ist die Inhaberin. Sie ist heute aber nicht im Haus. Kann ich Ihnen denn in irgendeiner Form weiterhelfen?", fragte Biggi freundlich.
„Allerdings, das können Sie", mischte sich Wiedlof ein.
„Zunächst werden wir Ihre Personalien und die Ihrer Beschäftigten notieren und wegen der laufenden Ermittlungen festhalten".

Jonas Reisholz saß an der Theke und notierte die Personalien in seinem Notizbuch.
„Waren Sie gestern alle hier oder haben Sie etwas Auffälliges bemerkt?“, fragte Wiedlof neugierig.
„Nein, gestern waren nur Rosa Brenner, Gerda, Marion und ich hier im Geschäft. Es war aber nicht viel los und so haben wir so gegen drei Uhr Schluss gemacht“, antwortete Biggi und die anderen Damen bestätigten ihre Aussage.
Jonas Reisholz reichte Wiedlof den Ausweis von Biggi und deutete auf die Anschrift.
„Frau Heinrichs, in Ihrem Ausweis steht, dass Sie in Grevenbroich gemeldet sind. Fahren Sie täglich bis dort oder wohnen Sie hier, ohne dass Sie gemeldet sind?“, bohrte Wiedlof nach.
Er hatte nun genau ihre empfindliche Stelle getroffen, ohne dies zu ahnen.
„Es ist richtig, dass ich noch in Grevenbroich bei meinen Eltern gemeldet bin. Rosa ist eine alte Klassenkameradin von mir und hat mir den Job angeboten, nachdem ich zu Hause raus geflogen bin. Ich habe quasi gestern meinen ersten Arbeitstag gehabt“, antwortete sie artig.
„Das ist ja alles prima“, sagte Wiedlof.
„Ich wollte aber von Ihnen wissen, ob Sie auch hier wohnen?“ Diese Fragerei war Biggi sichtlich unangenehm.
„Ich wohne bei einem Freund von mir. Der wohnt auch hier in der Gegend“, antwortete Biggi zögerlich.
„Ja, das ist doch schon einmal etwas“, sagte Wiedlof lächelnd.
„Und wie heißt Ihr Freund und wo wohnt er?“
Das war Biggi nicht recht, diese Fragen vor den anderen Mädchen zu beantworten aber ihr blieb in dieser Situation nichts anderes übrig.

„Er heißt Rolf Breitner und er wohnt im Nachbarort in einem Waldhaus. Die Anschrift kenne ich noch nicht“, fuhr Biggi fort.
Die Mädchen schauten sich an und konnten es kaum fassen. Sie kannten alle den Rolf. Aber das Biggi mit ihm zusammen war, das war neu für sie. Jonas Reisholz saß an der Theke und führt fleißig Protokoll. Hinter dem Namen Rolf Breitner machte er ein dickes Ausrufezeichen. Hauptkommissar Wiedlof zog nun ein Bild von Droste aus der Tasche und reichte es herum. Das lenkte die Mädchen von der riesen Sensation ab, dass Biggi mit Rolf Breitner zusammen war. Wiedlof hielt Biggi das Bild unter die Nase.
„Nun, kennen Sie den Mann?“, fragte er trocken.
Sie kannte ihn. Was sollte sie sagen? Ihr schien es, als könnte dieser Mann Gedanken lesen und alles wäre verloren. Sie riss sich zusammen und lächelte Wiedlof an.
„Wie ich Ihnen schon sagte, Herr Kommissar. Ich bin erst seit kurzer Zeit hier und habe den Mann noch nicht gesehen. Gestern war er auf jeden Fall nicht hier“, antwortete sie. Nach ihrer Einschätzung war er mit der Antwort zufrieden und schien ihr zu glauben. Er reichte das Bild an die anderen Mädchen weiter. Elke hielt das Bild in Händen und stieß einen übertrieben spitzen Schrei aus.
„Ja das ist Karl Droste“, berichtete sie wichtig.
„Er ist kein Stammkunde. Allerdings war er sehr häufig hier im Laden. Das war aber meistens sehr spät und er war in der Regel sehr betrunken“, sagte sie.
Die anderen Mädchen bestätigten die schon gemachten Ergebnisse, sodass Wiedlof und Reisholz sich verabschiedeten. „Haben Sie bemerkt, Reisholz, dass die Elke angab, der Droste wäre öfter in der Bar gewesen, aber meist sehr spät und dann total besoffen. Was wäre, wenn das gestern auch so war?“, stellte Wiedlof fest.

Als sie vom Parkplatz fuhren, kam Rolf Breitner mit dem Wagen vorgefahren und betrat die Bar. „Halten Sie doch mal das Kennzeichen fest!“, wies Wiedlof seinen Kollegen an. „Wäre ja mal interessant zu erfahren, wer dieser Besucher ist!“

Einerseits freute sich Biggi, andererseits griff eine Beklemmung nach ihr, als sie Rolf die Türe öffnete. Rolf setzte sich an die Theke neben die anderen Mädchen.
„Möchtest Du etwas trinken, oder wünschst Du die Gesellschaft einer Dame?", rasselte Biggi wie eine Floskel herunter.
„Komm` lass das. Ich habe jetzt andere Sachen im Kopf!", antwortete Rolf.
„Gib` mir mal ein Bier! Gibt es irgendwas Neues?", fragte er scheinheilig in die Runde.
Die Mädchen tuschelten untereinander.
„Wir wussten gar nicht, dass Ihr jetzt ein Paar seid!", platzte es Elke heraus und zog schlürfend mit einem Strohhalm die Reste eines Saftes aus ihrem Glas.
„Hast Du schon von dem Mord an dem Droste gehört? Ist ja ein Ding, was?", plapperte sie mitteilungswütig.
Rolf schüttete sich das Bier ein und schaute sie nur argwöhnisch von der Seite an.
„Musste ja irgendwann so kommen. Der Mann hatte eine merkwürdige Art. Armes Schwein!"
„Sag mal. Du kanntest doch den Droste!" stellte Elke fest, doch Rolf ignorierte sie einfach und wandte sich Biggi zu.
„Ist Rosa heute nicht da?", fragte er neugierig.
„Nein. Ihr ging es heute nicht so gut. Deshalb ist sie zu Hause geblieben!", antwortete Biggi.
Elke zog sichtlich unzufrieden ab und ließ sich in einen Sessel der Sitzgruppe fallen, um den anderen Mädchen Gesellschaft zu leisten. Rolf drehte seinen Kopf und überzeugte sich, dass niemand zuhören konnte.
„Die Alte dreht am Rad!", flüsterte er Biggi zu.
„Wie meinst Du das?", fragte Biggi nach.

„Sie hat mich vor einer Stunde angerufen und gesagt, dass sie Geld von mir will. Viel Geld. Sie drohte mir, wenn ich ihr bis übermorgen nicht hunderttausend Mark gebe, geht sie zu den Bullen und packt aus!"
„Hast Du so viel Geld?"
Rolf schaute sie erstaunt an.
„Wovon träumst Du in der Nacht?", antwortete er.
„Was waren das für Typen, die eben hier aus der Bar kamen?", frage er neugierig.
„Das waren zwei Kriminalbeamte von der Mordkommission. Die sind hier unterwegs und haben alle möglichen Fragen gestellt", sagte Biggi.
„Die haben auch nach Dir gefragt", erwähnte sie beinahe beiläufig.
„Was ist los? Die haben nach mir gefragt? Wieso fragen die nach mir?", spekulierte er.
„Ich musste ihnen sagen, dass Du mich gestern hier abgeholt hast und das ich jetzt bei Dir wohne. War das falsch?", fragte Biggi ängstlich.
„Das kann doch nicht wahr sein!", schrie er und ging hastig zur Toilette.
In der Herrentoilette blieb er vor dem Waschbecken stehen und betrachtete sich im Spiegel. Er bemerkte wieder dieses seltsame Angstgefühl, das in ihm hochstieg. Kurz entschlossen zog er den Briefumschlag aus seiner Jacke und nahm einen Trip heraus, um ihn gleich auf der Zunge zergehen zu lassen. Er ließ das Wasser laufen und warf sich einige Hände eiskaltes Wasser durch sein Gesicht. Breitner hatte den Eindruck, als ob er ruhiger wurde. Allerdings schwankte der Boden unter seinen Füßen und gab ihm das Gefühl, als ob er auf einem riesigen Schwamm gehen würde.
Als er zurückkam, hatten die Mädchen sich bereits umgezogen und waren dabei, die Gaststätte zu verlassen. Er

setzte sich wieder auf seinen Platz an der Theke und machte auf Biggi einen äußerlich gelassenen Eindruck. Allerdings bemerkte sie, wie sich sein Gesicht versteinerte und seine Halsschlagader heraustrat.
„Ist alles in Ordnung bei Dir?", fragte sie besorgt.
Sie hatte den Eindruck, als ob er gar nicht anwesend war. „Rolf, ist alles in Ordnung?", fragte sie ihn nochmals. „Wenn sie tatsächlich zur Polizei geht, bin ich dran! Ich muss ihr einen Denkzettel verpassen!", presste er Biggi hasserfüllt entgegen.
Sein starrer Blick und die Entschlossenheit seiner Aussage machten ihr Angst.
„Biggi, Du musst mir noch einmal helfen. Ich habe da so einen Plan. Ich warte draußen im Auto auf Dich!", sagte er und verließ das Lokal, ohne eine Antwort abzuwarten.
Sie hatte mit den Mädchen schon vereinbart, früher Feierabend zu machen. Natürlich hatten sie nichts dagegen, denn sie erhielten ihren Mindestlohn, wenn absolut keine Gäste kamen. Sie machte kurz die Abrechnung und blieb bis sie das Lokal verlassen hatten. Rolf wartete tatsächlich in seinem Wagen auf sie, den er in einem unbeleuchteten Teil des Parkplatzes abgestellt hatte, unweit der Stelle, wo Droste zu Tode gekommen war. Es war eine dunkle Nacht, denn der Himmel war bewölkt. Als sie auf den Wagen zuging, erkannte sie Breitner nur schemenhaft hinter dem Steuer sitzen. Hin und wieder glimmte seine Zigarette auf und beleuchtete sein Gesicht schwach. Die Beifahrertüre war nicht verriegelt und Biggi stieg ein.
„Was hast Du vor?", flüsterte sie, obwohl sie niemand hätte hören können.

„Wir fahren jetzt gemeinsam nach Kempen und ich rede mit ihr unter vier Augen. Mir ist nur lieb, dass Du dabei bist, falls sie wieder Zicken macht!“

Rolf startete den Motor und fuhr los. Er kam überhaupt nicht auf den Gedanken, Biggi zu fragen, ob sie mit seinem Plan einverstanden war, sondern setzte dies einfach als gegeben voraus. Schweigend saßen sie nebeneinander und fuhren durch die Nacht. Nach einer knappen halben Stunde Fahrzeit erreichten sie Rosas Wohnung. Rolf bog mit dem Wagen in die unbeleuchtete Zufahrt des alten Bauernhauses ein und schaltete das Licht aus. Er ließ den Wagen noch einige Meter rollen, bevor er ihn abseits abstellte. Sie stiegen beide aus und gingen schweigend auf das Haus zu. Bis auf ein schwaches Licht im Treppenhaus war alles unbeleuchtet. Wie zwei Raubkatzen auf der Jagd schlichen sie heran. Aus seiner Bewegung heraus blieb Rolf abrupt stehen. Er fasste Biggi an den Arm und zog sie zur Seite.

„Sie ist gar nicht zu Hause. Ihr Wagen ist nicht da!“, flüsterte Rolf ihr zu.

„Vielleicht hat sie ihn auf der Rückseite stehen!“, antwortete Biggi.

Sie gingen um das Haus herum und schauten auf dem Hof nach. Dort war ihr Wagen ebenfalls nicht geparkt. Rolf ging zurück zur Haustüre und achtete darauf, über den Rasen zu laufen, um die Geräusche seiner Schritte zu dämpfen. Vorsichtig drehte er den altmodischen Türknauf nach rechts. Nichts. Das Schloss war verriegelt. Biggi kannte sich aus. Sie war bereits mehrfach hier gewesen und hatte Rosa besucht. Sie schaute durch die Briefkastenklappe, um zu sehen, ob der Sportkinderwagen wie üblich, im Flur abgestellt war. Erleichterung machte sich bei ihr breit. Denn sie vermutete, dass sie den Ort verlassen und ins Waldhaus zurück kehren würden.

„Normalerweise lässt sie die Kinder nachts alleine. Ich vermute, sie ist mit den Kindern weg, denn der Sportkinderwagen steht nicht im Flur!“, vermutete Biggi.
Rolf nickte ihr bestätigend zu und betätigte den Klingelknopf an der Haustüre. Ein schnarrendes Surren der Klingel war zu hören. Keine Reaktion.
„Die ist nicht zu Hause! Wahrscheinlich hat sie sich mit den Kindern aus dem Staub gemacht!“, resümierte Rolf in normaler Lautstärke.
Sie gingen zurück zum Wagen und warteten. Rolf zündete zwei Zigaretten gleichzeitig an und reichte ihr eine entgegen.
„Ich warte noch eine halbe Stunde. Wenn sie dann nicht da ist, zünde ich ihr die Bude an!“, verkündete Rolf.
„Das kannst Du doch nicht machen! Was ist, wenn die Kinder doch im Haus sind?“, antwortete Biggi bestürzt.
„Du hast doch durch den Briefschlitz geschaut und gesagt, der Kinderwagen ist nicht da. Außerdem habe ich auch geklingelt. Glaub mir, die ist mit ihren Kindern auf und davon! Ich möchte gerne das blöde Gesicht von der Tussi sehen, wenn sie zurückkommt und ihre Bude steht in Flammen!“, lachte Rolf hämisch und zog dabei eine diabolische Miene.
Sein Vorhaben gefiel ihr absolut nicht.
„Rolf! Bitte rede wenigstens zuerst noch einmal mit ihr. Vielleicht war es gestern alles nur zu viel für sie!“, bettelte Biggi.
Rolf ließ sich nicht mehr von seinem Vorhaben abbringen. Als ob er alles geplant hätte, stieg er aus und holte einen Benzinkanister aus dem Kofferraum.
„Bleib Du im Wagen! Ich mache das alleine! Wenn das Feuerchen brennt, müssen wir gucken, dass wir hier wegkommen!“, lachte er.

Neben dem Haus lag gespaltenes Holz unter einem kleinen Vordach gestapelt. Wahrscheinlich diente es noch dem Vormieter als Kaminfeuerung und wurde nach dem Verlassen des Hauses schlichtweg vergessen. Rolf öffnete den Kanister und schüttete das Benzin in hohem Bogen auf das Holz. Anschließend legte er noch eine lange Benzinspur vom Holzstapel weg. Mit seinem Feuerzeug setzte er das Ende der Spur in Brand und sprang wie eine Katze nach hinten weg. Mit einer verpuffenden Explosion stand das Spaltholz lichterloh in Flammen. Für einen kurzen Augenblick blieb er vor dem Wagen stehen und Biggi sah, wie er mit versteinertem Gesicht und weit aufgerissenen Augen in das Feuer starrte. Hastig sprang er hinter das Steuer, wendete den Wagen und fuhr ohne das Licht einzuschalten zurück zur Straße. Nach etwa einem Kilometer parkte er den Wagen und stieg aus. Vor einer Telefonzelle wählte er den Notruf der Feuerwehr und meldete anonym einen Wohnhausbrand. Mit langsamen Schritten kam er zurück und setzte sich in den Wagen.
„Wir warten jetzt noch, bis die Feuerwehr und die Schaulustigen hier sind. Dann gehen wir zurück und überzeugen uns von der guten Arbeit!“, sagte er sarkastisch.

Es dauerte nicht lange, bis die ersten Feuerwehrfahrzeuge mit eingeschaltetem Blaulicht und Martinshorn an ihnen vorbei durch die Nacht rasten. Auch Schaulustige, die durch die Alarmierung aufmerksam wurden, drängten sich hinter der sofort gebildeten Absperrung. Rolf und Biggi mischten sich unerkannt unter die Menschen und beobachteten die Maßnahmen der Hilfskräfte. Immer mehr Einsatzfahrzeuge erschienen am Ort. Sofort nach Eintreffen sprangen die Feuerwehrleute aus den Fahrzeugen und rissen die Türen und Ladeklappen auf, um Schläuche auszurollen und Hydranten an Zapfstellen zu befestigen. Das Haus stand mittlerweile lichterloh in Flammen und brannte in vollem Ausmaß. Ein Ächzen und Stöhnen war zu vernehmen, so als ob das Gemäuer mit eigener Kraft versuchte, die Feuersbrunst abzuwehren. Hin und wieder war das Knallen von berstendem Holz und Glas zu hören. Glühende Funken wurden durch die heiße, aufsteigende Luft bis weit in den Nachthimmel getrieben. Die ersten Wasserfontänen erreichten die Glut. Sofort machte sich beißender Rauch breit und setzte sich den Wehrleuten und Schaulustigen in Augen und Kleidung. Kommandos hallten durch die Dunkelheit. Ein Leiterwagen wurde rückwärts an das Haus rangiert. Sofort drangen mutige Feuerwehrleute in Asbestanzügen und mit schwerem Atemschutz über die Drehleiter in die offenstehenden Fenster der ersten Etage ein, um eventuell in den Wohnräumen befindliche Personen, unter Einsatz ihres eigenen Lebens, zu retten. Die Konturen der Retter verschwanden in einer Wand aus Feuer und Qualm. Nach langen, wehen Minuten tauchte an einem Fenster ein Wehrmann auf, der in seiner Ausrüstung aussah, wie ein ferner Raumfahrer und hielt ein Bündel in seinen Armen. Es war der kleine, leblose Körper eines Kindes, der anderen Helfern auf der Leiter übergeben wurde, um ihn aus dem Gefahrenbereich zu bringen. Wenige Augenblicke später folgte der Körper eines zweiten Kindes. Man konnte Rettungssanitäter und Ärzte in orangen Jacken beobachten, wie sie den Feuerwehrleuten die kleinen Körper aus den Händen nahmen und sie in die Rettungswagen brachten, um die kleinen Menschenleben zu retten. Doch es war sinnlos. Ihre Herzen schlugen nicht mehr. Der Feuerschein und die wischenden Blaulichter gaben der Szenerie den Ausdruck eines stillen unterdrückten Schreies. Dieser Schrei setzte sich über Biggis Kehle über ihre Brust und über ihr gesamtes vegetatives Nervensystem fort und sie begann, um sich zu schlagen. Ihre Fäuste trommelten auf Rolfs Brust ein und sie kam erst zur Besinnung, als er ihr mit der flachen Hand ins Gesicht schlug.

„Das reicht. Wir gehen jetzt!“, sagte er und zog sie am Arm zum Wagen.

Von den erlebten Bildern angewidert, blieb sie stehen. Ihr Magen krampfte sich zusammen und sie hatte die Empfindung, als ob sich ihr innerstes nach außen drehte. Kalter Schweiß stand auf ihrer Stirn. In einem kleinen Gebüsch kotzte sie sich ihre Seele förmlich aus dem Hals. Georg Zander war ein besonnener Feuerwehrmann im fortgeschrittenen Alter. Er stand an der Straße und regelte den Verkehr. Er hatte schon viele Brandorte und Reaktionen erlebt. Aber eine solche Reaktion noch nicht. Vorsichtshalber notierte er sich das Kennzeichen des hellen Mercedes, in den die merkwürdigen Leute einstiegen, bevor der Wagen in der Nacht verschwand.

Hauptkommissar Wiedlof war nicht überrascht, als das Telefon ihn aus dem Schlaf riss.

„Morgen Chef! Wir haben einen Tatort. Wohnungsbrand mir zwei toten Kindern. Vermutlich Brandstiftung!“, klang es aus dem Hörer.

„Ich bin in einer halben Stunde bei Ihnen“, fügte er noch hinzu und legte auf.

Grundsätzlich machte es ihm nichts aus, um diese Uhrzeit aufzustehen. Es ärgerte ihn lediglich, dass sein Assistent Reisholz es war, der ihn von diesem Umstand informierte. Nach einer kurzen Dusche zog er sich rasch an. Einen Kaffee konnte man sich später besorgen. Vor der Türe wartete bereits sein Kollege.

„Morgen Reisholz. Wissen Sie schon Genaueres?“, frage er interessiert.

„Wir haben einen Hausbrand in Kempen, bei dem zwei kleine Kinder ums Leben gekommen sind“, sagte er routinemäßig. „Aber jetzt halten Sie sich fest, Chef!“, fuhr er fort.

„Das sind die Kinder von der Rosa Brenner. Die Frau Brenner, der die Bar in Kaldenkirchen gehört. Ist das nicht merkwürdig?“, fragte er.

„Allerdings. Das ist schon ein Ding. Fahren Sie mal zum Tatort. Ist die Spurensicherung schon dort?“, fragte er nachdenklich.

„Die Spusi ist bestellt, müsste aber schon vor Ort sein“, sagte Reisholz.

Am Tatort war der Teufel los. Es hatte sich mittlerweile rund gesprochen, dass zwei Kinder in den Flammen ums Leben gekommen waren. Den Beamten war es nicht möglich mit dem Wagen vorzufahren. Deshalb stellten sie ihn in der Entfernung ab und gingen die letzten Schritte zu Fuß. Wie üblich war der Tatort abgesperrt. Die Kollegen kannten sich

und so war es unproblematisch für Wiedlof und Reisholz bis an den Brandort vorzugehen. Rudolf Moritz stand in seinem weißen Overall im Eingangsbereich des ausgebrannten Hauses und wartete auf seinen Chef. Rudolf Moritz war ein erfahrener Beamter des Erkennungsdienstes, dem Wiedlof blind vertraute. „Was gibt es Rudi?“, fragte Wiedlof sachlich.
„Du hast gehört, dass hier zwei Kinder tot geblieben sind?“, fragte er.
Wiedlof nickte.
„Furchtbare Sache! Stimmt es, das es Brandstiftung war?“, fragte er.
„Das ist richtig. Wir haben Brandbeschleuniger feststellen können. Wahrscheinlich ist es Benzin. Ein Kanister ist in der Nähe gefunden worden. Genaues kann ich aber noch nicht sagen, da die Feuerwehr noch arbeitet und wir noch nicht in das Haus können. Allerdings hat ein Feuerwehrmann, der die Absperrung machte, eine interessante Feststellung gemacht. Er hat einen Mann und eine Frau gesehen, die sich sehr merkwürdig verhalten haben. Er heißt Georg Zander und wartet dort auf Euch!“, er zeigte auf eine Gruppe von Feuerwehrleuten, die in der Nähe warteten und sich unterhielten.
„Die Kinder wurden bereits abtransportiert und sind in der Gerichtsmedizin“, ergänzte er noch.
„Danke Rudi, gute Arbeit!“, bedankte sich Wiedlof.
Es war den Feuerwehrleuten anzumerken, dass sie sehr betroffen waren. In der Regel verkrafteten diese Männer so einiges. Aber in diesem Fall war alles anders.
„Morgen Männer!“, begrüßte Wiedlof die Wehrmänner.
„Ich bin Martin Wiedlof, der Leiter der Mordkommission. Das ist mein Kollege Reisholz. Wir suchen den Kameraden Georg Zander!“, sagte er.

„Ich bin Georg Zander!“, antwortete ein etwa fünfzigjähriger Mann in Feuerwehruniform.
Er hatte graues, zurückgekämmtes Haar und machte einen ruhigen, erfahrenen Eindruck.
„Morgen, Herr Zander!“, begrüßte ihn Wiedlof und reichte ihm die Hand.
„Erzählen Sie uns doch bitte einmal Ihre Beobachtung!“, forderte er ihn freundlich auf.
„Also ich bin schon seit siebenunddreißig Jahren Feuerwehrmann und habe auch schon viel erlebt und gesehen. Aber das heute fand ich schon recht merkwürdig. Ich habe die Absperrung gemacht und dabei einen Mann und eine Frau gesehen, die bei den Schaulustigen standen. Als die Kinder über die Leiter in den Krankenwagen gebracht wurden, bekam die Frau einen Anfall und schlug um sich. Das ging so lange, bis der Mann der eine Ohrfeige gegeben hat. Die gingen dann zu einem Auto aber vorher musste sie sich noch übergeben, glaube ich zumindest. Die verschwand hinter einem Busch und ich hörte so ein Würgen!“, berichtete er sachlich.
„Das ist wirklich interessant“, antwortete Reisholz und Wiedlof nickte zustimmend.
„Sie haben nicht zufällig das Kennzeigen notiert?“, fragte Reisholz nach.
„Doch das habe ich notiert. Das kam mir so merkwürdig vor. Ich glaube, das war das erste Mal, dass ich so etwas gemacht habe!“, antwortete Georg Zander stolz und zog ein kleines Buch aus der Tasche.
„Das war das Kennzeichen KK – RB 10. Ich hoffe, dass ich es in der Hektik richtig abgelesen habe!“, fügte er noch hinzu. „Brauchen Sie mich noch? Ich möchte den jungen Kameraden beiseite stehen, die die Kinder aus den Flammen geholt haben!“, bat er die Beamten.

„Nein, nein. Wir benötigen Sie nicht mehr, Herr Zander. Vielen Dank für Ihre Aufmerksamkeit!", fügte Wiedlof hinzu und verabschiedete sich mit Handschlag.
Sie gingen an den Menschen vorbei zu ihrem Fahrzeug.
„Ich glaube, wir fahren zurück zur Dienststelle. Machen Sie doch einmal eine Halterabfrage zu dem Kennzeichen, Reisholz!", sagte Wiedlof und setzte sich auf den Beifahrersitz. Jonas Reisholz nahm den Peiker des Funkgerätes und gab der Leitstelle das Kennzeichen durch. Nach kurzer Pause meldete sich der Beamte und gab die Meldung durch.
„Zugelassen auf das Kennzeichen ist das Fahrzeug Mercedes mit dem Halter ROLF BREITNER, weitere Daten liegen hier bereit!", tönte es durch den Äther.
Jonas Reisholz wollte gerade anfahren, trat aber wieder auf die Bremse und wandte sich Wiedlof zu. Dieser war ebenso sprachlos wie er.
„Das kann hier kein Zufall mehr sein!", spekulierte Martin Wiedlof, was gewöhnlich nicht seine Art war.
„Nein, wirklich nicht!", stimmte Reisholz ihm zu.
„Erst der Mord in Grevenbroich. Dann taucht diese Brigitte Heinrichs in der Bar von dieser Rosa Brenner auf und am nächsten Tag liegt der Droste tot im Gebüsch!", schlussfolgerte Reisholz.
„Aber das anschließend die Kinder von dieser Rosa bei einem Wohnungsbrand ums Leben kommen und der Wagen von diesem Breitner hier gesehen wird, ist schon äußerst bedenklich. Diese Brigitte Heinrichs ist mit dem Breitner leiert. Das hat sie selber zugegeben. Vielleicht gibt es auch einen Zusammenhang mit dem Toten aus dem Rhein. Die Heinrichs hat doch in Grevenbroich gewohnt!", ergänzte Wiedlof.

„Was halten Sie davon, wenn wir uns diesen Breitner einmal kaufen?“, schlug Reisholz vor.
„Das machen wir, aber zunächst einmal klopfen wir das Umfeld von diesen Leuten ab!“, antwortete Wiedlof nachdenklich.

Sie fuhren durch die Nacht und sprachen kein Wort. Das Radio dudelte vor sich hin und in ihrem Hirn spulten sich immer wieder die gleichen Bilder ab.
„Wo war Rosa?", fragte sie in die Stille.
„War sie auch im Haus?"
Rolf antwortete nicht und starrte stur gerade aus auf die Straße. Plötzlich trat er auf die Bremse und stieg, ohne ein Wort zu sagen aus dem Wagen. Er sah wieder diese Bilder, diese Grimassen. Er spürte diese Angst, die in ihm aufstieg. Immer wieder diese Angst. Er nahm den Briefumschlag aus der Tasche und legte eines dieser dünnen Blättchen unter die Zunge.
„Gleich wird es besser werden!", dachte er und ging einige Schritte.
Als er zurückkam, saß Biggi im Wagen und weinte. Wortlos startete er den Motor und fuhr an. Sie wischte sich die Tränen aus den Augen und schaute ihn an. Er fuhr wie versteinert. Seine Augen waren wässerig.
„War er auch schockiert? Macht es ihm nichts aus?", dachte sie.
„Nein, Rolf war auch schockiert, obwohl er das nicht sagt. Das hat er nicht gewollt. Er tötet keine Kinder. Es war ein schrecklicher Unfall!", redete sie sich ein.
„Was ist mit Rosa?", fragte sie leise.
„Was soll mit ihr sein? Die ist bei ihrem Lover!", antwortete er.
„Vielleicht ist sie auch zur Bar gefahren! Komm` wir fahren dort hin und sagen ihr, dass es ein Unfall war!", schlug sie vor.
„Nein, ich fahre zum Waldhaus. Wenn Du noch möchtest, kannst Du mitfahren!", sagte er.
Biggi antwortete nicht. Wo sollte sie hin? Rolf fuhr den kleinen Weg in Richtung Wald und stellte den Wagen in der

Einfahrt vor dem Haus ab. Bevor der die Türe zuschlug, drehte er sich zu ihr um.
„Was ist jetzt, kommst Du mit oder bleibst Du im Wagen?“, fragte er.
Wortlos stieg Biggi aus und folgte ihm ins Haus. Es war ein schönes Haus. Sie gingen in ein großes Wohnzimmer mit einladenden Ledermöbeln und einem gemütlichen Wohnzimmertisch, auf dem eine orientalische Keramik stand. Neben dem offenen Kamin hing ein überdimensionales Samuraischwert an der Wand. Rolf schaltete die indirekte Deckenbeleuchtung ein und schüttete hinter einer aus Kiefernholz gefertigten Bar einen Whisky ein. Wie üblich warf er mit den Fingern einen Eiswürfel hinein und reichte ihr den Drink herüber. Schweigend und mit dem Blick nach unten gerichtet, saß er dort und nahm seinen Drink in kleinen Schlucken. Diese Ruhe musste man ertragen. Sie war erdrückend. Nur das Zirpen der Grillen aus dem Wald und das monotone Ticken der großen Standuhr waren zu hören. Biggi leerte in einem Zug das Glas und ging zur Musikanlage.
„Bitte gib mir noch einen, ich brauche den jetzt!“, sagte sie.
Aus der Plattensammlung fischte sie die Beatles heraus und setzte den Tonabnehmer auf das erste Lied. Anschließend nahm sie das Glas von der Theke und setzte sich in einen der großen Ledersessel.
„Rolf, liebst Du mich eigentlich?“, fragte sie ihn provozierend.
Sein Blick klebte nach unten gerichtet an seinem Glas. Mit den Fingern drehte er es langsam um die eigene Achse.
„Was glaubst Du, wer ich bin? Glaubst Du ich bin ein Mörder, der aus Spaß tötet? Ein Mann, der Verlangen daran findet, kleine Kinder zu verbrennen?“

Tränen liefen an seinen Wangen herab und verliefen sich in seinem dichten Bart. Verlegen wischte er sich mit dem Handrücken über das Gesicht.
„Ist Dir bewusst, dass die kleine Claudia meine Tochter war? Glaubst Du, dass ich sie töten könnte? So ein kleines unschuldiges Mädchen?"
Er schüttete sich noch ein Glas ein uns setzte sich neben sie.
„Biggi, ich habe noch nie einen Menschen wie Dich kennengelernt. Ich habe Dich nur einmal gebeten, mich nach Hause zu fahren. Das ist eine lange Fahrt geworden. Du hast mir bis jetzt bedingungslos geholfen. Was willst Du von mir? Warum machst Du das?", fragte er völlig verzweifelt.
Biggi zündete sich eine Zigarette an und sog den Rauch tief in ihre Lungen ein, bevor sie antwortete.
„Ist das Dein Ernst? Weißt Du wirklich nicht, warum ich alles das für Dich mache? Ich will Dir sagen warum. Ich liebe Dich, Du Idiot!"
Schweigend saßen sie wieder nebeneinander und starrten wortlos gegen die Wand.
„Ich möchte, dass Du bei mir bleibst!", sagte Rolf, stand auf und ging hinüber zum Bücherregal.
Er zog eine Fotomappe heraus, blätterte darin herum und zeigte ihr ein Foto, auf dem ein herrlicher Fleck in der Südsee abgelichtet war.
„Hier möchte ich bis an das Ende meiner Tage leben. Ich habe die Aussicht, hier das Waldhaus günstig zu kaufen. Es gehört einem Freund von mir. Er ist schon alt. Er hat es mir versprochen. Ich werde alles renovieren und es dann für gutes Geld teuer verkaufen. Mit dem Geld gehen wir fort von hier und lassen alles hinter uns. Wenn Du möchtest, kannst Du mit mir kommen, denn ich liebe Dich auch!", sagte er melancholisch.

Es war alles, wie in einem bösen Traum. Biggi erlebte Dinge, die das Vorstellungsvermögen eines Menschen überstiegen. Gleichzeitig fühlte sie unendliche Liebe und Geborgenheit in den Armen dieses Mannes. Ihre Fähigkeiten rational zu denken nahm im gleichen Maße ab, je mehr er ihr seine Zuneigung und Aufmerksamkeit schenkte. Die Aufregungen der vergangenen Stunden und der konsumierte Alkohol saßen ihr in den Knochen. Vor Übermüdung schlief sie in seinen Armen ein. Als sie die Augen aufschlug, wusste sie zuerst nicht, wo sie sich befand. Zusammengerollt, wie eine Katze lag sie auf dem Ledersofa, sorgfältig mit einer Decke zugedeckt. Auf dem Tisch lag eine Notiz von Rolf.
„ICH BIN GEGEN ABEND WIEDER HIER. BITTE WARTE AUF MICH!“
Sie schaute auf ihre Uhr. Es war schon nach vier Uhr. Die Ruhe im Haus war erdrückend. Außer dem hämmernden Zwitschern von einigen Finken im Wald herrschte Totenstille. Sie duschte und setzte sich im Garten mit einem Kaffee auf eine Bank, als sie in der Einfahrt einen Wagen hörte. Sie ging ins Haus und schaute durch einen Gardinenspalt des Wohnzimmerfensters. Es war Rosa, ganz in Schwarz gekleidet. Sie stand vor der Haustüre und klingelte. Biggi überlegte kurz, öffnete aber dennoch die Türe. Völlig entgeistert schaute Rosa sie an.
„Was machst Du denn hier?“, fragte sie erstaunt.
Biggi spielte die Ahnungslose und bat sie herein.
„Komm doch herein Rosa, ich erzähle Dir alles bei einem Kaffee.“
Zögernd trat Rosa ein und schaute sich um.
„Ist Rolf nicht hier?“, fragte sie neugierig.
„Nein, er ist weggefahren. Er musste etwas besorgen“, antwortete Biggi und bot ihr einen Kaffee an.

„Warum trägst Du schwarze Kleidung, ist etwas passiert?“, fragte Biggi scheinheilig.
Sofort schossen Rosa die Tränen in die Augen und sie wurde von heftigen Weinkrämpfen geschüttelt. Kreidebleich und mit stockender Stimme berichtete sie von ihrem Schicksal.
„Ich war gestern bei einem Bekannten und habe die Kinder wie gewohnt alleine gelassen. Als ich zurückkam, waren Polizei und Feuerwehr bei mir. Mein Haus ist abgebrannt und Rita und Claudia sind qualvoll in den Flammen umgekommen!“
„Mein Gott Rosa, wie konnte das nur passieren?“, kommentierte Biggi ihre Schilderung.
„Die Polizei geht von Brandstiftung aus, hat man mir gesagt!“
„Hast Du schon mit der Polizei gesprochen?“, fragte Biggi scheinheilig.
„Nein, der Beamte von der Wache hat mir gesagt, ich soll mich bei dem Kommissar Wiedlof melden. Das mache ich, wenn ich mit Rolf gesprochen habe“.
Schlagartig schwang ihre Larmoyanz in Aggressivität und Wut um.
„Deshalb bin ich eigentlich hier. Ich muss mit Rolf reden. Wieso bist Du bei ihm im Haus?“, fragte sie verwundert.
„Rolf war gestern noch einmal in der Bar. Ich bin anschließend mit zu ihm gefahren. Wir sind jetzt zusammen. Stört es Dich?“, fragte sie provokativ.
„Wenn ich ehrlich sein soll, stört es mich!“, antwortete Rosa.
„Du weißt, dass Rolf der Vater von Claudia war?“, fragte sie schluchzend.
„Das hat Rolf mir erzählt. Aber das ist kein Grund für mich, nicht mit ihm zusammen zu sein. Es ist furchtbar, was mit Deinen Kindern geschehen ist. Aber dafür können wir nichts!“, konterte Biggi impulsiv.

Es war Rosa anzumerken, dass sie nicht gewillt war, Biggi als seine neue Partnerin zu akzeptieren. Rosa zündete sich eine Zigarette an und schlug zickenhaft ihre Beine übereinander. Langsam baute sich zwischen ihnen eine unerträgliche Spannung auf.
„Ich wollte Dir auch noch sagen, dass sich der Job in der Bar ab sofort für Dich erledigt hat. Leuten, denen ich nicht vertrauen kann, sind dort fehl am Platze!“, keifte sie. „Bist Du deshalb hierher gekommen, um mir das zu sagen?“, fragte Biggi spöttisch.
„Nein, deshalb bin ich nicht gekommen. Ich wollte mir nur etwas abholen, das mir zusteht, und gehe nicht, bevor Rolf hier auftaucht!“
Sie drückte ihre Kippe hastig im Aschenbecher aus, stand auf schaute mit vor der Brust verschränkten Armen aus dem Fenster, als ob sie auf diese Weise Rolfs Rückkehr beschleunigen könnte. Nach einigen Minuten sah sie den Wagen von Rolf auf das Grundstück fahren.
„Dort kommt das Schwein!“, rief sie und riss mit beiden Händen das Samuraischwert von der Wand und stürzte auf die Terrasse hinaus.
Mit weichen Knien folgte ihr Biggi in einem sicheren Abstand. Mit unglaublicher Geschwindigkeit rannte sie mit dem Schwert in Händen auf Rolf zu, der sie noch gar nicht bemerkt hatte. Als er aus dem Wagen stieg, hielt sie ihm die messerscharfe Klinge mit ausgestreckten Armen an die Kehle. „Breitner, Du hast meine Kinder auf dem Gewissen! Dafür wirst Du jetzt büßen. Aber vorher will ich mein Geld! Hast Du verstanden?“, schrie sie außer sich vor Wut und mit weit aufgerissenen Augen.
Rolf Breitner hatte mit einer solchen Situation im Leben nicht gerechnet. Er stand bewegungslos und spürte den scharf geschliffenen Stahl an seinem Hals, der mit der

kleinsten Bewegung seine Halsschlagader durchtrennen konnte. In diesem Moment trat Biggi aus der Türe und ging langsam auf Rosa zu. „Rosa, lass den Quatsch! Er kann nichts dafür!“, rief sie ihr zu.
Rosa drehte sich unbewusst zu ihr herum. Rolf Breitner nutzte diese Gelegenheit und sprang flink wie ein Gepard zur Seite und griff zu einer Sense, die nach dem letzten Mähen der Wiese hinter einem Baum abgestellt war. Bevor Rosa reagieren konnte, holte er mit diesem Gerät aus, um ihr damit das Schwert aus der Hand zu schlagen. Rosa bemerkte diese Bewegung aus den Augenwinkeln und wollte sich nach unten wegducken. Völlig unerwartet traf er sie in diesem Moment mit der Klinge der Sense am Hals und trennte ihr mit einem wuchtigen Hieb den Kopf vom Rumpf. Für Bruchteile von Sekunden blieb ihr Körper aufrecht stehen. Mit ihren Händen umklammerte sie immer noch den Griff des Schwertes. Fontänenartig spritzte ihr Blut aus der abgetrennten Halsschlagader in die Höhe. Wie in Zeitlupe kippte ihr Körper zur Seite. Ihr Blut quoll in rhythmischen Stößen hervor und versickerte langsam im Sandboden der Heide. Durch die Wucht des geführten Hiebes mit der Sense landete der Kopf genau vor Biggis Füßen. Die Augen weit aufgerissen, sodass ihre Pupillen wie kleine Punkte im Weiß der hervorquellenden Augen wirkten. Vor Entsetzen konnte Biggi ihren Blick nicht davon abwenden. Panisch vor Angst, rannte sie ins Haus zurück. Das war zu viel. Wie vom Teufel gejagt, sprintete sie zur Haustüre hinaus. Sie lief, ohne zu denken ziellos in den Wald hinein, in der Hoffnung, dem Horror zu entkommen. Völlig außer Atem und ausgepumpt, brach sie auf einer kleinen Lichtung zusammen. Wie ein angeschlagener Boxer streckte sie Arme und Beine von sich und rang nach Luft. Kleine Sterne tanzten wie Mückenschwärme vor ihren Augen.

Sie musste einen klaren Gedanken fassen. Versuchen, die Eskalationen der Ereignisse zu verdauen. Ihr Geist begriff, dass sie an einem Punkt angelangt war, an dem sie nicht mehr zurück konnte. Zu tief war sie in die Sache verstrickt. Ohne ihre Hilfe war Rolf hoffnungslos verloren. Sie entschloss sich, zurückzukehren. Mit der Hoffnung, dass alles sich zum Guten kehren sollte, machte sie sich auf den Rückweg. Mit einem flauen Gefühl in der Magengegend stand sie vor dem Haus. Alles sah friedlich aus. Eine Amsel saß auf dem Dach und schmetterte ihr Lied. Alles war noch so, wie sie es bei ihrer panischen Flucht hinterlassen hatte. Die Haustüre stand weit offen. Ihr Herz schlug vor Aufregung bis zum Hals, als sie sich durch den Flur bis in das Wohnzimmer vortastete. Rolf hockte völlig zusammengesackt und fern der Realität in einem Sessel. Als er sie bemerkte, blickte er hoch.

„Biggi, das habe ich nicht gewollt!“, schluchzte er.

„Durch meine Schuld wurde eine komplette Familie zerstört. Vielleicht wäre es besser, jetzt die Polizei zu rufen. Dann hätte alles ein Ende!“

Biggi setzte sich zu ihm und nahm ihn in ihren Arm.

„Es war nicht Deine Schuld, Rolf. Es war Notwehr. Sie hat Dir schließlich das Schwert an die Kehle gesetzt und wollte Dich töten!“, beschwichtigte sie ihn.

Auf dem Tisch stand eine Flasche Wodka. Sie schüttete ein Glas Viertel voll und reichte es ihm.

„Wir haben keine Alternative mehr. Sie muss weg, bevor jemand kommt und sie findet. Rosa hat mir noch gesagt, sie wollte sich mit dem Kommissar treffen. Am besten, wir vergraben sie im Garten!“

Rolf trank sein Glas in einem Zuge leer und schüttete sofort nach.

„Nein, sie muss weg von hier. Man darf sie nicht hier finden. Heute Nacht bringen wir die Leiche mit dem Auto über die Grenze nach Holland. Ihren Kopf und die Hände werfen wir in einen alten Brunnen im Wald. Wenn man den Körper im Ausland findet, ist sie nicht zu identifizieren".
Biggi verstand nicht, was er meinte. Dennoch nickte sie zustimmend.
„Biggi, bitte hole eine Plastikplane aus der Garage. Ich erledige das mit der Leiche!"
Schon wieder trank er sein Glas in einem Zuge leer, stand auf und nahm die Flasche mit in den Garten. Biggi folgte ihm. Rosas Blut war mittlerweile schwarz geronnen. Alles saß voller Fliegen, die eine günstige Gelegenheit suchten, um ihre Larven zu legen. Als sie mit der Plane aus der Garage kam, hielt Rolf das Samuraischwert in der Hand und schlug mit einem Hieb Rosas zweite Hand ab. Bei diesem Anblick hätte sie kotzen können. Mit einem kräftigen Schluck aus der Wodkaflasche betäubte sie ihre Sinne, um auf diese Weise die makabere Arbeit fortzusetzen. Rolf nahm einen Eimer und rollte Rosas Schädel mit dem Fuß hinein. Die gleiche Prozedur wiederholte er mit ihren Händen. Anschließend warf er einen alten Lappen über den Eimer, um den ekelhaften Anblick zu verdecken. Biggi rollte neben dem Rumpf die Folie aus. Rolf zog den geschundenen Körper darauf und schlug die Folie zu einer Art Wurst zusammen. Wortlos luden sie gemeinsam den Torso in den Kofferraum seines Wagens. Rolf holte eine Schubkarre aus dem Schuppen und stellte den Eimer darauf. Mit einer Schaufel hob er das blutgetränkte Erdreich vorsichtig ab und schippte es in einen Karton, bevor er ihn ebenfalls auf die Karre stellte. Die grausame Fracht bedeckte er mit trockenem Gras, das im Garten zu einem Haufen aufgetürmt lag. Rolf schob die Karre wortlos den Waldweg entlang. Biggi ging

nebenher und trug eine Heugabel, um den Anschein zu erwecken, dass nach der Gartenarbeit das Unkraut entsorgt würde, so wie es in der Gegend üblich war. Nach fünfhundert Metern schaute sich Rolf mehrfach um, bevor er in einen schmalen Waldweg abbog. Er steuerte einen alten Brunnen an, der behelfsmäßig mit Holzbohlen abgedeckt war. Er entfernte die Bretter und warf den Karton und den Eimer hinein. Es dauerte einige Sekunden, bis der dumpfe Aufschlag im Brunnen zu hören war. Bit dem bloßen Auge war der Grund nicht zu erkennen. Er deckte er die Öffnung mit Gestrüpp und Heu wieder ab. Sichtlich zufrieden angelte er sich eine Zigarette aus seinem Hemd und zündete sie an.
„So, hier findet das niemand. Heute Nacht fahren wir nach Holland und erledigen den Rest!", verkündete er stolz.
Als sie auf den Weg zurückkehrten, fuhr ein Bauer aus der Nachbarschaft mit seinem Traktor vorbei und grüßte lächelnd. „Das war knapp!", bemerkte Rolf nur trocken und schob die Karre schweigend zurück.
Es war immer noch heiß an diesem Tag, als sie das Waldhaus wieder erreichten. Biggi setzte sich im angenehm kühlen Wohnzimmer auf das Sofa und nahm sich Rosas Handtasche vor. Im Portemonnaie waren noch achthundert Mark. Das Geld legte sie auf die Seite. Den Schlüssel und die Papiere vom Wagen legte sie zum Geld. Alles andere entsorgte sie in einer Tüte. Rolf Breitner stand im Bad vor dem Spiegel. Ihm war schlecht. Er hörte immer wieder diese Geräusche und konnte das Rot ihres Blutes fühlen. Alle Sinne waren gleichzeitig betroffen und der Boden schwankte unter seinen Füßen. Er schwebte durch den Flur und erreichte seine Jacke an der Garderobe. Mit zitternden Fingern nahm er ein hauchdünnes Papierchen aus dem Umschlag und legte es unter die Zunge. Als er auf dem Bett lag, hatte er das Gefühl

zu sterben. Er dachte nicht an Biggi. Er war allein. Niemand konnte ihm helfen. Nur der Schlaf war sein Freund.

Als Wiedlof und Reisholz aus dem Wagen stiegen, trafen sie die Pathologin auf dem Hof des Präsidiums.
„Dr. Waller, können Sie uns Näheres zum Tod der Kinder sagen?“, fragte Martin Wiedlof freundlich.
„Ich kann Ihnen nur sagen, dass die Kinder an einer Rauchvergiftung starben. Den genauen Todeszeitpunkt würde ich so gegen drei Uhr festlegen wollen“, antwortete sie.
„Haben Sie schon Hinweise auf den Täter?“, fragte sie neugierig und lächelte Jonas Reisholz an.
„Wir haben eine heiße Spur, können aber noch nicht sagen, ob wir auf der richtigen Fährte sind. Uns fehlt eine hundertprozentige Spur. Ein Fingerabdruck oder ein Haar“, erklärte Reisholz.
„Wir werden sehen!“, sagte Wiedlof.
„Zunächst müssen wir mit der Mutter der Kinder reden. Die ist aber unauffindbar. Ihr Freund hat sich bei uns gemeldet, als er von dem Brand hörte. Er hat ebenfalls keine Ahnung, wo sie sich aufhalten könnte“.
„Ich drücke Ihnen die Daumen. Sie haben jetzt ja tatkräftige Unterstützung von Herrn Reisholz. Viel Erfolg!“, sagte sie und ging ins Labor.
„Den Bericht haben Sie morgen früh auf dem Schreibtisch oder besser noch sie holen ihn sich persönlich ab!“, fügte sie lachend hinzu.
„Was ist denn mit der los?“, sagte Wiedlof.
„So freundlich habe ich sie noch nie erlebt. Das muss an Ihnen liegen Reisholz!“
Reisholz grinste und kratzte sich wissend am Kinn.
„Was haben die Ermittlungen in Grevenbroich ergeben?“, fragte Wiedlof.

„Nach Auskunft des Einwohnermeldeamtes ist die Heinrichs immer noch bei ihren Eltern gemeldet. Ich bin dort gewesen und habe mit ihrer Mutter geredet. Sie ist überhaupt nicht gut auf sie zu sprechen. Sie haben ständig Stress miteinander gehabt. Zuletzt ist sie mit Pauken und Trompeten ausgezogen, weil sie einen Typen kennengelernt hat!“, berichtete er. „Haben Sie den Breitner mal durchleuchtet?“, fragte er. „Allerdings. Der ist kein unbeschriebenes Blatt. Der ist aufgefallen wegen gefährlicher Körperverletzung, Kraftfahrzeugdiebstahl, Einbruch und Raub. Deshalb hat er fünf Jahre in Stuttgart gesessen. Er ist natürlich erkennungsdienstlich behandelt worden. Und stellen Sie sich vor. Ich habe der Mutter das Bild von ihm gezeigt. Sie hat den Breitner wieder erkannt. Sie glaubt, dass der in der Kneipe von denen war und ihre Tochter ihn so kennengelernt hat“.

„Wo hält sich diese Breitner auf?“, fragte Wiedlof.

„Der hat zuletzt in Grevenbroich einen Zweitwohnsitz. Ist dort aber wieder abgemeldet. Jetzt ist der ohne festen Wohnsitz. Der war bis vor einem Jahr mit einer Frau verheiratet, ist aber wieder geschieden“.

„Es muss doch festzustellen sein, wo dieser Kerl sich aufhält! Am besten wir fragen die örtlich zuständigen Kollegen, die kennen ihre Pappenheimer meist genau!“, erklärte Wiedlof zufrieden.

„Das hat aber noch bis morgen Zeit. Für heute machen wir Schluss!“

„Das kommt mir sehr gut aus, ich habe nämlich heute Abend noch etwas vor!“, freute sich Reisholz.

„Lassen Sie mich tippen. Es hat bestimmt mit unserer Frau Doktor zu tun, stimmt`s?“, frotzelte Wiedlof.

„Da könnten Sie recht haben!“, lachte Reisholz.

Biggi saß am Bett und legte Rolf Breitner einen feuchten Lappen auf die Stirn. Sie wusste nicht, was mit ihm los war. Es schien, als ob er hohes Fieber hätte. Schweißgebadet lag er auf dem Bett und fantasierte. Allerdings hatte er keine zu hohe Temperatur. Vielleicht lag es an der Hitze und der ganzen Aufregung, dachte Biggi. Sie ging in die Küche, um ein Glas Wasser zu holen. Als sie zurückkam, saß Breitner auf dem Bett.

„Ich muss etwas essen. Ich habe einen fürchterlichen Hunger!“, sagte er.

Biggi verstand die Welt nicht mehr. Er kramte in der Küche herum, kam mit einem belegten Brot wieder und biss mit Heißhunger immer wieder hinein. Schließlich schob genüsslich die letzte Ecke hinterher. Gegen zehn Uhr machten sie sich auf den Weg. Rolf nahm seinen Mercedes mit Rosas Leiche im Kofferraum. Biggi folgte ihm in kurzem Abstand mit Rosas Cabrio. Es ging über Schleichwege an der holländischen Grenze entlang. Rolf Breitner kannte sich aus. Er wusste, welche Strecken regelmäßig kontrolliert wurden. Über kleine Straßen erreichten sie nach einer halben Stunde die Maas. In der Nähe eines kleinen Ortes befand sich eine Rampe unmittelbar am Fluss, die gerne von Bootseignern genutzt wurde, um ihre Boote zu Wasser zu bringen. Rolf stellte den Mercedes in der Nähe eines Schuppens ab und kam zu ihr herüber gelaufen. „Komm steig aus und lass mich ans Steuer!“, keuchte er. Sie folgte seinen Anweisungen und sprang hektisch heraus. Sie wusste nicht, was er plante. Er hatte an alles gedacht. Auf dem Rücksitz lag ein Schraubendreher. Sich immer wieder nach allen Seiten umschauend, schraubte er beide Kennzeichen ab, setzte sich hinter das Steuer des Kabrioletts und fuhr langsam die Rampe hinunter. Kurz bevor der Wagen das Wasser erreichte, sprang er heraus. Langsam glitt das Fahrzeug

hinein und wurde von der Strömung mitgezogen, bis es letztlich mit einem Gurgeln und Blubbern in den Fluten versank. Mit starrem Blick verfolgte er das Spektakel.
„Glaubst Du nicht, dass man den hier findet?“, fragte sie ängstlich.
„Kann ich mir nicht vorstellen. Das Wasser ist dort drei Meter tief. Hier legen auch schon mal größere Pötte an!“, antwortete er barsch.
„Lass uns weiter fahren, wir haben noch einiges vor!“, sagte er und stieg in den Mercedes.
Biggi folgte ihm. Sie fuhren wortlos noch einige Zeit am Fluss entlang und bogen hinter einer Flussbiegung auf unbefestigte Wege in ein Waldgelände ab. Immer wieder hielt Breitner und schaltete das Licht aus.
„Warum machst Du das?“, fragte Biggi.
„Ich möchte sehen, ob uns jemand gefolgt ist“, flüsterte er.
In der Nähe einer kleinen Lichtung hielten sie an.
„Ich glaube, hier ist es gut“, sagte er und schaltete den Motor ab, ließ aber das Licht brennen. Geduckt sprang er aus dem Wagen.
„Soll ich mitkommen?“, fragte sie in der Hoffnung, im Wagen bleiben zu können, denn es war eine dunkle Nacht.
Der Mond wurde von aufkommenden Gewitterwolken verdeckt und die schwüle Luft des Tages vermischte sich mit der kühlen würzigen Waldluft. Über der Lichtung tanzten leichte Nebelschwaden und das Scheinwerferlicht gab dem ganzen Spektakel einen Touch von Hitchcock.
„Dachtest Du ich kann die alleine schleppen. Du musst schon mit anfassen!“, motzte er.
Rosas Leiche hatte bei der Hitze den ganzen Nachmittag im Kofferraum gelegen. Als er die Klappe öffnete, kam ihnen ein merkwürdiger Geruch entgegen.

„Los fass Du unten an!“, sagte Rolf. Vorsichtig griff Biggi an die Füße der Leiche, ließ sie aber gleich wieder los. Trotz der schwülen Wärme spürte sie die Kälte des toten Körpers.
„Du musst schon richtig anfassen, sonst klappt das nicht!“, sagte Rolf barsch.
Angewidert überwand sie sich zu einem neuen Versuch. Gemeinsam wuchteten sie den Leichnam heraus und schleppten ihn durch dichtes Gestrüpp eine Böschung herauf. Hier gab es noch ehemalige Schützengräben aus dem Zweiten Weltkrieg, die noch nicht verfallen waren. Vor Anstrengung keuchend ließen sie das Bündel fallen. Rolf öffnete die Plane und ließ Rosas verstümmelten Körper in den Graben rutschen. Mit trockenen Sträuchern und umherliegenden Zweigen verdeckten sie den Körper. Ohne sich umzudrehen, kehrten sie zum Wagen zurück, der immer noch mit eingeschalteter Beleuchtung auf der Lichtung stand.
„Hoffentlich springt die Karre jetzt noch an!“, sagte Rolf. Ohne Murren sprang der Motor aber nach dem ersten Starten an. In ruhiger Fahrt ging es den gleichen Weg zurück zur befestigten Straße.
„Ob man sie findet?“, fragte Biggi besorgt.
„Ich glaube nicht. Hier kommt selten jemand hin. Und wenn! Es wird schwierig werden, sie zu identifizieren. Du weißt schon!“
Trotz der Anspannung huschte ein siegessicheres Lächeln über sein Gesicht.
„Wenn die Zeit reif ist, gehen wir fort. Du wirst sehen. Wir sind ein unschlagbares Team.“
Als sie die Grenze nach Deutschland überquerten, empfand Biggi ein Gefühl des Sieges, nicht gescheitert zu sein. Stolz war sie, erneut eine schier ausweglose Situation gemeinsam mit ihm gemeistert zu haben. Sie dachte nicht mit einem

Gedanken daran, dass Rosas Tod Unrecht, ein fürchterliches Verbrechen gewesen sein könnte. Nein, sie genoss es, in diesem Moment bei ihm zu sein. Alle aufkommenden Schuldgefühle verdrängte sie und Rolf Breitner bestätigte sie in ihrem Handeln. Ihr war jetzt alles egal, sie wollte nur leben. Mit ihm leben. Die Tatsache, dass bisher alles reibungslos gelaufen war und die Polizei im Dunkeln tappte, beflügelte sie. Das kurze Aufbäumen ihres Gewissens empfand sie als lästig und verdrängte es, sobald es auch nur aufkeimte. Wie aus einer anderen Welt nahm sie seine Stimme wahr.

„Was hältst Du davon, wenn wir nach Düsseldorf fahren und einen drauf machen?", fragte er guter Stimmung.

„Der Matthias ist aus dem Urlaub zurück und kommt bestimmt mit!", schlug er vor.

„Ich kenne den Matthias überhaupt nicht. Aber es wird höchste Zeit, dass Du ihn mir vorstellst. Außerdem ist es eine gute Idee, auf andere Gedanken zu kommen!", antwortete sie euphorisch.

„Ist er ein guter Freund von Dir?", fragte sie neugierig. „Nun ja, wie man es nimmt. Wir sind schon gemeinsam durch dick und dünn gegangen und haben einiges zusammen erlebt", antwortete er.

„Sein Vater ist übrigens Architekt und betreibt ein großes Baugeschäft", lachte er.

„Warum lachst Du?"

„Ja, der Matthias ist schon ein Schlitzohr. Er hat sich seit Jahren bei der Uni als Jurastudent eingeschrieben, aber noch keine einzige Zwischenprüfung oder Abschlüsse bestanden. Seinen Eltern ist das aber egal. Sie unterstützen ihn trotzdem finanziell. Er ist das einzige Kind von ihnen und sie versuchen ihm ein sorgenfreies Leben zu ermöglichen", erzählte er heiter.

Rolf zündete sich eine Zigarette an.
„Trotz seines Wohlstandes leidet er aber an einem akuten Geldmangel“, erklärte er und streifte im Aschenbecher die Asche ab.
„Wie soll ich das den verstehen?“, fragte Biggi interessiert.
„Kann ich auch nicht sagen, was der immer so treibt. Jedenfalls hat der nie Knete in der Tasche. Dann klaut der schon mal was oder legt jemanden rein. Du verstehst, was ich meine?
„Seine Eltern wissen natürlich nichts davon?“, vermutete Biggi.
„Genau. Der kifft auch regelmäßig. Das finanziert er durch kleine Dealereinen. In der Regel kauft er das Zeug in Holland ein und verkauft es in der Nähe der Uni weiter. Wir haben auch schon zusammen ein größeres Ding gedreht!“, vertraute er ihr an.
„Das ist ja interessant!“, sagte Biggi.
„Was macht Ihr da so?“
„Auch nichts Besonderes. Wir steigen in irgendeine Firma ein und klauen von der Kaffeekasse bis zum PC alles, was sich verscherbeln lässt“, offenbarte er stolz.
Rolf fuhr über die Rhein-Knie-Brücke und parkte den Wagen in der Nähe der Altstadt auf einem kleinen Parkplatz.
„Was ist los mit Dir, mein Engel. Du machst Dir doch wohl jetzt keinen Kopf?“, fragte er und in seiner Stimme schwang eine aufmunternde Unternehmungslust, die sie anwiderte.
Sie hatte es sich anders überlegt. Viel lieber wäre sie mit ihm alleine gewesen, hätte weiter mit ihm geredet und Pläne geschmiedet.
„Mir ist schlecht. Ich kann nicht mehr. Kannst Du mich nach Hause fahren?“, fragte sie ihn.
Rolf antwortete nicht. Er verstand diesen Stimmungswandel nicht. Sie saßen schweigend im Wagen, und obwohl es schon

spät war, schlenderten zahlreiche Menschen auf der Straße an ihnen vorbei und genossen das Nachtleben der Altstadt. Ein kühler Wind trug Fetzen von Musik und den Geruch eines Jahrmarktes zu ihnen herüber. Rolf zündete sich eine Zigarette an und im Schein der Flamme sah sie sein verärgertes Gesicht. Was mochte in seinem Kopf vorgehen? Eine Gänsehaut kroch langsam ihren Nacken herauf. Was hatte sie nun plötzlich für Gedanken? Ob er auch fähig war, sie umzubringen, wenn es nötig wurde und ihren leblosen Körper zu beseitigen? Schweigend saßen sie nebeneinander. Rolf lehnte sich in seinem Sitz zurück und sog den Rauch der Zigarette tief in seine Lunge hinein. Die Spannung steigerte sich ins Unerträgliche. Je länger sie so schweigend nebeneinandersaßen, um so mehr spielte sie mit dem Gedanken, einfach aus dem Wagen zu springen und sich auf der nächsten Polizeiwache zu offenbaren. Dem Gewissen Luft machen und alles in klare Bahnen lenken. Als ob er Gedanken lesen könnte, öffnete Rolf die Türe, stieg wortlos aus und ging an parkenden Fahrzeugen vorbei die Straße entlang, bis er hinter einer Häuserzeile verschwand.

Der Leiter der örtlichen Polizeiwache Hain Schumacher empfing Wiedlof und Reisholz herzlich. Mit seiner kräftigen Statur und einer sonnengebräunten Haut machte er einen sportlichen Eindruck.

„Schön, dass Sie die Zeit gefunden haben, uns auf der Dienststelle zu besuchen. Ich habe Ihrem Kollegen am Telefon bereits erklärt, dass es einige Hinweise gibt, allerdings schwer zu beweisen sind!“, begann Schumacher.

„Darf man fragen, wie weit Ihre Ermittlungen fortgeschritten sind?“, erkundigte er sich.

„Wir haben zurzeit in der Sache Droste keine heiße Spur. Wir führen zwar Ermittlungen in die verschiedensten Richtungen, die sich allerdings als schwierig herausstellen. Nun kommt noch ein Wohnhausbrand mit zwei toten Kindern hinzu, der uns sehr viel Arbeit bereitet!“, antwortete Wiedlof höflich. „Außerdem haben wir einen Mann im Auge, der immer wieder bei unseren Ermittlungen auftaucht. Allerdings ist ein Zusammenhang zwischen den einzelnen Fällen bisher nicht belegbar“, fügte Reisholz hinzu und nahm einen Schluck aus der Kaffeetasse.

„Lassen Sie mich raten!“, sagte Schumacher.

„Das kann nur der Rolf Breitner sein!“

Wiedlof und Reisholz schauten sich erstaunt an.

„Wie kommen Sie darauf?“, fragte Wiedlof grinsend.

„Ich kenne diesen Breitner schon einige Zeit. Er tauchte hier auf und heiratete eine vermögende Frau, ließ sich aber nach kurzer Zeit wieder scheiden. Sie hatte ihn schnell durchschaut. Breitner stand immer schon im Verdacht, in dunkle Geschäfte verwickelt zu sein. Allerdings war ihm nie etwas nachzuweisen!“, schilderte er mit breitem Grinsen im Gesicht.

„Das ist interessant. Wissen Sie, wo der Breitner sich aufhält?“, fragte Reisholz.
„Kann ich Ihnen nicht genau sagen. Seit der Scheidung hat er hier keinen festen Wohnsitz mehr. Allerdings wird davon gesprochen, dass er sich häufig im Nachbarort in einem Waldhaus aufhalten soll. Das gehört einem Sägewerkbesitzer, einem gewissen Gerd Meindel. Der hat mal einen Unfall im Betrieb gehabt und ist nun schwer gehbehindert“, erklärte Schumacher.
„Meine Beamten haben den Breitner hin und wieder kontrolliert und festgestellt, dass der in dem Haus ein und ausgeht, wann er will. Welchen Narren der Meindel an dem gefressen hat, kann ich nicht sagen. Ich vermute einmal, dass der Breitner dem das Haus in Ordnung hält, weil es offiziell als Wochenendhaus von ihm gilt“, ergänzte er.
„Können Sie uns die Adresse geben?“, bat Reisholz und notierte die Daten in sein Notizbuch.
Die Beamten verabschiedeten sich und machten sich auf den Weg, dem Waldhaus einen Besuch abzustatten.

Biggi wurde von der Sonne geblendet. Als sie aufschaute, wusste sie nicht, wo sie sich befand. Langsam dämmerte es ihr. Sie saß immer noch im Wagen und musste eingeschlafen sein. Im Spiegel der Sonnenblende schaute sie in ihr verschlafenes Gesicht. Durch die unbequeme Sitzposition schmerzte ihr Rücken. Was war das? Im Zündschloss steckte der Schlüssel. In der vergangenen Nacht war ihr nicht aufgefallen, dass Rolf den Schlüssel im Zündschloss zurückgelassen hatte. Kurz entschlossen rückte sie auf den Fahrersitz und fuhr los. Es war noch früh und in der Stadt kaum Menschen unterwegs. Spontan beschloss sie zum Flughafen Düsseldorf zu fahren und dort zu frühstücken, so wie sie es vor noch nicht zu langer Zeit mit ihren Freunden nach langen, durchtanzten Nächten gemacht hatte. Im Gegensatz zur Altstadt herrschte hier schon reges Treiben. Im Abflugbereich ließ sie sich vom Strom der Menschen mitziehen. In einem kleinen Restaurant neben der Rolltreppe ließ sie sich auf einem dieser kleinen braunen Rattanstühle nieder und bestellte sich einen Kaffee und ein Baguette. Es war schon bemerkenswert. Im Moment der Trennung von Rolf meldete sich regelmäßig ihr Gewissen wieder. In diesen Augenblicken stellte sie Überlegungen an, ob es nicht besser wäre, sich von diesem Mann zu trennen. Die Tatsache, ihm bei der Beseitigung der toten Menschen behilflich gewesen war, hieß ja nicht, dass sie auf Dauer eine Beziehung zu ihm aufrechterhalten musste. In diesen Momenten konnte sie sich auch sehr gut vorstellen, einfach einen Schlussstrich zu ziehen. Was war der Grund ihres Handelns? War es nur die Zuneigung zu Rolf? Sexuelle Abhängigkeit oder schon schizophrenes Verhalten, die ihr die Kompetenz nahm, Recht und Unrecht voneinander zu trennen und ihr die Fähigkeit versagte, den Zusammenhang zwischen Wollen, Fühlen und Denken zu erkennen. Die Flughafenatmosphäre animierte sie immer mehr dazu, ihre früheren Wertevorstellungen wieder zu aktivieren. Der Gedanke an eine kurze Reise mit einem unbeschwerten und sorgenfreien Aufenthalt, andere Leute kennenzulernen, die nicht in ein so düsteres Kapitel verwickelt waren, ließ sie wieder hoffen. Sie zahlte die Rechnung und schlenderte durch die Abflugebene, vorbei an unzähligen kleinen Schaltern der Fluggesellschaften. An einem Last Minute Schalter einer Airline studierte sie die Angebote. Das war es. Ein Kurztrip für eine Woche nach Ibiza für nur 398 Mark. Wie gebannt stand sie vor der Kasse und überlegte. In ihrem Freundeskreis war sie immer bekannt für ihre schnellen Entschlüsse. Das momentane Problem lag einzig und allein darin, dass sie den Kopf nicht freihatte. Warum sollte sie ein schlechtes Gewissen haben? Sie beruhigte sich. Jede andere junge Frau an ihrer Stelle würde keine Sekunde zögern. Am Geld sollte es nicht scheitern. Sie hatte noch den Rest ihres Geldes und die Scheine aus Rosas Handtasche dabei. Damit kam sie auf ungefähr dreitausend Mark. Mit gemischten Gefühlen trat sie kurz entschlossen an den Schalter und buchte. Der Flieger ging am nächsten Morgen um sechs Uhr. Es war ein befreiendes Gefühl. Vor lauter Freude hätte sie tanzen können. Mit einem Mal sah die Welt schon wieder anders aus. Ihre Emotionen schwappten über. Sie war gierig darauf, andere Menschen glücklich zu sehen. In jedem Gesicht, das ihr begegnete, suchte sie Positives. Egal ob alter Mann oder junge Frau. Plötzlich nahm sie die Güte und Friedfertigkeit von fremden Menschen wahr. War es Einbildung? Nein, es war so. Zumindest wollte sie es im Moment so.

Der Streifenwagen bog von der Bundesstraße rechts in das weitläufige Waldgebiet ab. Vorbei an einem Ausflugslokal gelangten sie zum Waldhaus. Jonas Reisholz bemühte sich, nicht jedes Schlagloch mitzunehmen und kurbelte entsprechend am Lenkrad herum.

„Wollen Sie mich umbringen, Reisholz? Wir sind doch hier nicht auf einer Rallye. Ich möchte heute wieder heil nach Hause kommen!", sagte Wiedlof mit einem gewissen Unterton in der Stimme.

„Ich werde mich bemühen, Chef!"

„Sie haben doch mit dem Meindel telefoniert, was hat er zum Breitner gesagt?", fragte Wiedlof.

„Er hat im Wesentlichen das bestätigt, was der Schumacher uns schon berichtet hat. Das Haus gehört ihm und er nutzt es nur als Wochenendhaus. Es ist auf seinem Namen beim Meldeamt eingetragen. Ich habe den Meindel nach dem Breitner befragt, aber der wollte nicht so richtig raus mit der Sprache. Er hält offensichtlich große Stücke auf den Kerl und sprach davon, er würde alles in Ordnung halten und sich kümmern. Es wäre sowieso heutzutage schwierig ehrliche Leute zu finden, auf die man sich verlassen kann!", berichtete Reisholz.

„Da hat er ja eine wirklich ehrliche Haut verpflichtet. Nach dem Motto: Außer einem Raubmord an einer älteren Dame hat er seinen Eltern immer viel Freude gemacht", lästerte Wiedlof. Jonas Reisholz kannten diesen Spruch noch nicht und amüsierte sich köstlich.

„Haben Sie den auch gefragt, wann der Breitner dort anzutreffen ist?", fragte er interessiert.

„Natürlich. Er sagte, das könne er nicht sagen. Er kommt und geht, wann er will. Er hat absolute Schlüsselgewalt. Im Gegenteil, wenn der Meindel in sein Haus möchte, meldet er sich vorher an", erklärte er.

„Mal sehen, ob er zu Hause ist", spekulierte Wiedlof.
Das Waldhaus lag unmittelbar am Waldrand. Reisholz parkte den Wagen in der Einfahrt des Hauses. Sie stiegen aus und klingelten an der Haustüre, doch niemand öffnete.
„Der Vogel ist wohl ausgeflogen", sagte Wiedlof.
„Da kann man wohl nichts machen!", antwortete Reisholz und ging zurück zum Wagen.
Wiedlof ging am Fahrzeug vorbei und steuerte auf das Gartentor zu, das nur angelehnt war. Reisholz grinste und folgte ihm. Sie gingen durch die unbefestigte Einfahrt und schauten sich interessiert im Garten um. Wiedlof bückte sich und hob eine Sense auf, die hinter einem Haselnussbusch am Boden lag.
„So etwas würde ich nicht so einfach herumliegen lassen!", sagte er.
„Wenn ich ein solches Gerät in Händen halte, habe ich meist ein sehr seltsames Gefühl!", bemerkte er.
„Kann ich nachvollziehen. Mit der Klinge möchte ich auch keine Bekanntschaft machen", antwortete Reisholz.
Wiedlof stieg die Stufen zur Terrasse herauf und rüttelte an der Türe.
„Alles verschlossen. Ich kann auch nichts Besonderes entdecken, außer einem unaufgeräumten Wohnzimmer", sagte Wiedlof und schaute durch das Fenster in die Wohnung.
„Wir sollten die Kollegen der Fahndung bitten, hier regelmäßig vorbei zu schauen und uns mitteilen, wann der Vogel wieder einfliegt", schlug Reisholz vor.
„Gute Idee, die Kollegen sollten aber nur in zivilen Fahrzeugen agieren. Ich möchte den Breitner nicht sensibilisieren, er stellt schon früh genug fest, dass wir ihm auf den Fersen sind!", sagte Wiedlof zufrieden.

„Was ist aus der Rosa Brenner geworden. Ist die mittlerweile aufgetaucht?“, fragte er.
„Nein. Das ist wirklich kurios“, antwortete Reisholz.
„Die Kollegen fahren regelmäßig die Anschrift von dem Lebensgefährten an. Allerdings kann der sich auch keinen Reim darauf machen, wo die hin ist. Sie fahren auch regelmäßig die Bar in Kaldenkirchen an. Sie hat mittlerweile geschlossen, weil die Brigitte Heinrichs ebenfalls nicht mehr dort auftaucht! Und die Frauen dort wissen nicht, wie es weiter gehen soll!“, berichtete Reisholz.
„Wir werden diese Rosa Brenner in die Personenfahndung geben“, sagte Wiedlof konsequent.
„Die Frau taucht doch nicht einfach unter, da steckt etwas anderes hinter!“, spekulierte er.

Als ihr jemand von hinten auf die Schulter tippte, drehte Biggi den Kopf.

„Nimmst Du mich mit, blonder Engel?“, hörte sie seine tiefe Stimme. Völlig überraschend stand Rolf hinter ihr und schaute sie mit diesen treuen Bernhardineraugen an. Er zog ein Ticket aus der Tasche und hielt es ihr demonstrativ unter die Nase. Damit hatte sie nicht gerechnet und eine innere Stimme warnte sie vor diesem Schritt. Trotzdem freute sie sich, ihn zu sehen. Er nahm sie in den Arm und drückte sie herzlich, so als ob er sie längere Zeit nicht gesehen hätte. „Woher weißt du, wo ich bin?“, fragte sie überrascht.

„Da staunst Du, was? Als ich heute Morgen aus der Altstadt kam, fuhrst Du mir vor der Nase weg. Also habe ich mich in das nächste Taxi gesetzt und bin Dir hinter hergefahren. Als Du am Flughafen das Ticket gekauft hast, habe ich mir auch eins besorgt und da bin ich!“, berichtete er stolz.

Aufgrund seines Charmes und seiner Überredungskünste schaffte er es tatsächlich, zwei nebeneinanderliegende Plätze im Raucherabteil zu organisieren. Sie checkten gemeinsam ein und genossen den Flug. Es war ein Gefühl unbeschreiblicher Freiheit. Alles lag hinter ihnen und die noch vor Kurzem aufkeimenden Ängste blieben unter der milchigen Wolkendecke verborgen. Das helle gleißende Sonnenlicht tat ihr übriges. Rolf Breitner hatte es sich bequem gemacht und schlief, was nach dieser durchzechten Nacht nicht ungewöhnlich war. Aus großer Höhe konnte sie Mallorca und den Flughafen von Palma erkennen. Kurze Zeit später landeten sie auf Ibiza. Als die Maschine aufsetze, wurde Rolf wach. Er hatte ein flaues Gefühl in der Magengegend. Außerdem machte sich diese merkwürdige Unruhe wieder bemerkbar. Er versuchte das Gefühl zu unterdrücken und reihte sich hinter Biggi in die Schlange von

Menschen, die im Gang standen und darauf warteten, zum Ausgang zu gelangen. Auf der Gangway begrüßte sie warmes Sommerwetter.

„Herzlich willkommen in Ibiza!“, lachte Biggi und gab Rolf einen Kuss auf die Wange.

Sie nahm Rolf an die Hand und steuerte auf die Gepäckausgabe zu. Hinter den Schiebetüren des Sicherheitsbereiches standen Reiseleiter dicht gedrängt und hielten handgeschriebene Plakate mit den Namen der Hotels und Klubs in die Höhe, um den ankommenden Gästen die Suche zu erleichtern. Rolf schaute sich unruhig um.

„Ich würde gerne noch schnell die Toilette aufsuchen“, sagte er und verschwand in der großen Empfangshalle hinter einer Säule. Er hatte diesen Umschlag in der Tasche glatt vergessen. Schnell zog er ihn heraus und trennte eines dieses Papierchen ab und ließ es unter der Zunge zergehen. Er ging zügig zum Ausgang und sah Biggi mit einem gut aussehenden jungen Mann, Mitte zwanzig, vor der Türe stehen. Er hielt ein Schild mit der Aufschrift

„Club Ibiza“ in der Hand. Er hatte diese typische Art von Animateuren an sich. Immer witzig und gut gelaunt. Er bemerkte Rolf und lachte schallend.

„Da kommt er ja doch noch“, witzelte er.

„Ich hätte nichts dagegen gehabt, wenn er verloren gegangen wäre!“, fügte er hinzu und kniff Biggi ein Auge.

„Was ist denn hier los?“, fragte Rolf und musterte den Animateur von Kopf bis zu Sohle.

„Ach nichts!“, beschwichtigte Biggi.

„Ich habe dem Mann nur gesagt, dass ich auf Dich warte. Du kennst doch diese Leute!“, fügte sie noch hinzu.

„Der Typ soll mich bloß nicht nerven!“, sagte Rolf und warf dem jungen Mann einen giftigen Blick zu.

Nach und nach trudelten sämtliche Gäste ein und die Fahrt ging mit einem Transferbus durch karge Landschaften in den Westen der Insel. Ihre Stimmung hellte sich allmählich auf und sie genossen das komfortable Leben in der Ferienanlage. Täglich gingen sie Hand in Hand zum Strand, vorbei an Johannisbaum- und Feigenplantagen bis zu einem Plateau, von dem man „Es Vedra“ einen einzigartigen Felsen im Meer betrachten konnte. Sie genossen das Leben in vollen Zügen, liebten sich unter freiem Himmel und genossen das spanische Essen. Es waren wunderbare Stunden, die sie gemeinsam verbrachten. Ohne Sorge um all die Probleme, die sie in Deutschland zurückgelassen hatten. Viel zu schnell vergingen diese Tage.

Matthias Regen stand mit einer Rose in der Hand am Flughafen. Er hatte tatsächlich daran gedacht, sie abzuholen. Biggi kannte ihn bisher noch nicht und war von seiner Person und seinem Auftreten sehr überrascht. Im Gegensatz zu Rolf Breitner wirkte er auf den ersten Blick eher vornehm und zurückhaltend. Mit seiner Jeans und dem dunklen Jackett wirkte er wie ein angehender Jurist. Mit breitem Grinsen im Gesicht kam er auf Biggi zu und nahm sie in den Arm, als ob er sie schon ewig kennen würde.

„Hallo Biggi. Ich bin der Matthias und habe schon viel von Dir gehört!“, begrüßte er sie.

„Hallo Matthias. Das Gleiche wollte ich auch Dir auch gerade sagen!“, scherzte Biggi.

„Der Wagen steht auf dem Kurzzeitparkplatz“.

Siegessicher grinsend rannte er voran und führte sie zu seinem Wagen.

„Wohin darf ich Euch fahren?“, fragte er zuvorkommend.

„Ich denke, wir fahren zum Waldhaus. Dort machen wir es uns gemütlich und erzählen, wie es war!", schlug Rolf vor.
„Dachte ich mir", sagte Matthias.
„Wir könnten den Grill anwerfen. Die Zutaten habe ich schon besorgt. Bier ist kalt gelegt!"
Das Waldhaus lag wie immer ruhig und idyllisch am Rande des Waldes. Matthias parkte den Wagen in der Einfahrt des Hauses. Rolf zog den Hausschlüssel aus der Tasche und reichte ihn Biggi.
„Schließt Du bitte auf. Ich gehe durch den Garten. Mal sehen, ob alles in Ordnung ist!", sagte Breitner.
Wachsam, auf jedes Detail achtend ging Rolf Breitner durch den Garten. Insbesondere Interessierte ihn sein Versteck hinter dem Schuppen. Mit Genugtuung stellte er keine Veränderung fest. Beruhigt ging er zurück zu den anderen. Im Nu hatte Matthias den Grill angeworfen während Breitner in der Küche das Fleisch würzte.
„Das riecht schon richtig verführerisch", schwärmte Biggi, als sie sich neben dem Grill auf einem Gartenstuhl niederließ.
„Ich hoffe, das schmeckt auch so!", antwortete Matthias.
Er hatte sich ein großes Küchentuch als Schürze umgebunden und spielte den Küchenmeister. Es war angenehm, wieder heimische Kost zu essen. Lachend saßen sie auf der Veranda und stopften sich den Bauch voll. Biggi räumte nach dem Essen das Geschirr in die Küche und übernahm freiwillig den Abwasch. Als sie wieder hinauskam, waren Matthias und Rolf in einer angeregten Diskussion. Von den wenigen Wortfetzen, die sie aufschnappte, konnte sie sich denken, dass es sich um irgendwelche krummen Geschäfte ging. Als Matthias sie bemerkte, hielt er sofort inne.

„Du kannst ruhig weiter reden. Wir haben keine Geheimnisse voreinander!“, betonte Rolf großzügig.
Um nicht den Anschein zu erwecken, vor Neugierde zu platzen, setzte sie sich in einen Gartenstuhl unter einer Birke und genoss die letzten Sonnenstrahlen der untergehenden Sonne. Trotzdem war sie interessiert, worüber die beiden sich so angeregt unterhielten.
„Ich kann Dir sagen, dass ich jetzt nach dem Urlaub Geld brauche. Ich muss auch noch die Rechnung von der Bootsreparatur bezahlen. Der Meister sitzt mir schon seit Wochen im Nacken!“, schimpfte Rolf.
„Wir könnten doch wieder einmal der Ziegelei hinter der Diskothek einen Besuch abstatten. So weit ich mich erinnern kann, haben wir doch einen Schlüssel!“, sagte Matthias grinsend.
„Richtig!“, strahlte Rolf mit breitem Grinsen.
„Das habe ich glatt vergessen. Das wird eine einfache Sache. Wann drehen wir das Ding?“
„Ich würde vorschlagen in der kommenden Nacht“, antwortete Matthias.
„Ich habe noch ein Anliegen an Dich!“, sagte Rolf und ging am Haus vorbei und verschwand hinter dem angrenzenden Schuppen. Er zog den Betonkübel zur Seite und zog eine Plastiktüte aus der gemauerten Nische unter dem Stahlblech. Zufrieden ging er zurück und schüttete den Inhalt auf den Tisch. Mehrere in braune Klebefolie verpackte Stücke polterten auf den Tisch.
„Was ist das für ein Zeug?“, fragte Matthias interessiert. Biggi wusste, woher diese Dinge stammten. Es war diese Tüte, die der Tote aus Grevenbroich bei sich hatte. Sofort gingen ihr wieder diese Bilder durch den Kopf.

„Das ist der Schiet, den mir der Holländer überlassen hat!", tönte Breitner.
„Wie Du weißt, habe ich mit dem Gerd Meindel ausgemacht, dass ich ihm dieses Haus hier abkaufe. Dazu brauche ich aber etwas Geld!", schmunzelte er.
Er nahm einen der Klumpen in die Hand und hielt ihm Matthias entgegen.
„Das ist der Stoff von dem Holländer. Der müsste gut und gerne fünfzigtausend bringen. Du verkaufst das Zeug in Düsseldorf und bekommst dreißig Prozent vom Erlös. Wenn Du mehr erwirtschaften kannst, ist es besser für uns! Was hältst Du von meinem Angebot?"
Rolf lachte laut und schlug sich vor Vergnügen auf die Schenkel. Matthias schaute ihn ungläubig an.
„Was ist jetzt. Geht die Sache klar?", fragte Rolf bissig. Widerwillig stimmte Matthias zu. Er packte alles zusammen in die Tüte und brachte sie zum Wagen.
„Du siehst aber nicht gerade begeistert aus", sagte Rolf.
„Ehrlich gesagt ist das eine ganz heiße Kiste für mich. Mit dem Verkauf wird das nicht so einfach, wie Du Dir das vorstellst. Ich muss aufpassen, dass die Bullen da die Nase nicht rankriegen. Das wird schon einige Zeit dauern, bis ich den richtigen Käufer gefunden habe. Die Menge ist ja schließlich kein Pappenstiel. Ich schätze mal, das sind so zehn Kilo!", antwortete Matthias kritisch.
„Das stimmt!", sagte Breitner.
„Aber wer hat denn in Düsseldorf die guten Verbindungen? Dann strenge Dich mal an", sprach Rolf Breitner mit einem erschreckenden Nachdruck in der Stimme.
Das war wieder eine Situation, die Breitner an den Seewolf erinnern ließ. Er hatte in solchen Momenten eine derart starke Ausstrahlung, dass es seinem Gegenüber nicht im Ansatz möglich war, zu widersprechen, ohne einen Konflikt

zu riskieren. In diesem Augenblick rollte ein Wagen langsam in die Einfahrt.

„Wenn man vom Teufel spricht, steht er gleich auf der Matte. Unser guter Gerd Meindel!“, rief Breitner übertrieben.

Freudestrahlend ging er Meindel entgegen und wartete, bis er sich mühsam aus dem Wagen gequält hatte. Seit seinem Unfall im Sägewerk hatte er Hüftprobleme und war stark gehbehindert. Außerdem war er mit seinen fast hundert Kilo Körpergewicht viel zu schwer, was ihn natürlich noch zusätzlich belastete. Die immer noch verhältnismäßig hohen Temperaturen ließen ihm den Schweiß in Strömen fließen. Immer wieder blieb er nach Luft ringend stehen und wischte sich mit einem Taschentuch durch das Gesicht und seine spiegelnde Glatze. Breitner ging neben ihm her und hielt seine Hand symbolisch unter seinen Arm, um damit seine Hilfsbereitschaft zu demonstrieren. Schnaufend ließ Meindel sich neben Biggi in den Gartenstuhl fallen.

„Sie sind also die Biggi!“, schnaufte Meindel.

„Schön, dass ich Sie mal kennenlernen darf!“

Er streckte ihr seine verschwitzte Hand entgegen, während er sie mit seinen leicht hervorstehenden Froschaugen musterte. Matthias Regen nutzte diese Situation, um sich zu verabschieden. Er hatte kein großes Interesse mehr, sich länger hier aufzuhalten.

„Du willst schon gehen?“, fragte ihn Rolf.

„Du weißt, dass ich noch einiges erledigen muss. Die Zeit drängt!“, antwortete er.

Aufgrund der milden Witterung saßen sie noch bis weit in die Nacht und zechten. Meindel fühlte sich wohl in dieser Atmosphäre und gab einen Witz nach dem anderen zum Besten.

„Wir gehen besser ins Haus. Sonst fressen uns die Mücken auf!“, schlug Rolf vor.

Biggi wartete aus Anstand bis Meindel sich erhoben hatte und begleitete ihn langsam.

„Du bist eine sehr schöne Frau. Ich würde was darum geben, wenn ich auch so eine Freundin wie Dich hätte!“, sagte Meindel, als Breitner im Haus verschwunden war.
Biggi war nicht überrascht, so etwas aus seinem Munde zu hören, zumal er sie den ganzen Abend beobachtet hatte. Sie ignorierte seine Worte und schob die Bedeutung dem großen Alkoholkonsum zu. Dies schien Meindel nicht zu gefallen. Bevor sie ins Haus gingen, zog er sie völlig überraschend an sich und gab ihr einen schmatzenden Kuss auf den Hals. Biggi riss sich los und ließ ihn stehen. Sie sagte nichts, um Breitner nicht darauf aufmerksam zu machen, da sie wusste, wie er reagieren kann.
„Wir haben kein Bier mehr im Haus!“, sagte Breitner.
„Ich hoffe, Du bist auch mit einem Whiskey einverstanden!“, sagte Breitner.
„Natürlich!“, lallte Meindel und setzte sich in den großen Sessel.
Der Schnaps löste Meindel`s Zunge.
„Was ist eigentlich mit dem Haus? Du wolltest es mir doch abkaufen!“, provozierte er und nahm einen Schluck aus dem Glas.
„Klar kaufe ich es Dir ab. Es war doch so abgemacht, oder?“, fragte Breitner.
„Das war vor einem halben Jahr, als wir darüber gesprochen haben. Wenn ich es mir so recht überlege, könnte ich es auch behalten. Es gefällt mir nämlich sehr gut hier. Deine Verlobte könnte auch gut zu mir passen!“, lallte er.
Er hatte Breitner an seinem empfindlichen Punkt getroffen. Er merkte wieder dieses Rauschen in den Ohren. Der Boden wankte und das helle Licht der Deckenlampe schmeckte scharf. Breitner sprang auf und lief die Treppe herauf. Er nahm das Blättchen und ließ es unter der Zunge zergehen. Gleich würde es besser werden. Mit langsamen Schritten

ging er zurück. Biggi und Meindel schauten ihn verwundert an. Er versuchte, sich die Erregung nicht anmerken zu lassen.
„Wie soll ich das verstehen mit dem Haus?“, lachte Breitner aufgesetzt und schenkte noch mal nach.
„So wie ich es gesagt habe. Es sei denn, Du zahlst in den nächsten Tagen. Ich will nicht länger mit dem Verkauf warten, ist das klar?“, murmelte Meindel.
„Ich habe aber im Moment nicht so viel Geld flüssig. Können wir das nicht noch einmal verschieben?“, fragte Breitner gespielt unterwürfig.
Meindel gefiel sich in seiner Rolle.
„Nein. Wir machen entweder einen schriftlichen Kaufvertrag, in dem alles geregelt ist, oder der Spaß ist vorbei!“
Rolf nickte. Biggi war überrascht, wie ruhig und gelassen Breitner diese Demütigung hinnahm. Aufmunternd erhob er sich und holte Block und Stift aus dem Schrank.
„Dann lass uns den Vertrag sofort aufsetzen. Du als Geschäftsmann hast damit doch keine Probleme!“, sagte Breitner und sein Blick wanderte beiläufig zu Biggi.
Übertrieben lachend setzten sich beide zusammen und formulierten den Vertrag.
„Komm schon unterschreib hier!“, forderte Breitner immer wieder auf.
„Du weißt, dass ich erst unterschreibe, wenn alles in trockenen Tüchern ist“, lallte Meindel.
Biggi war todmüde und machte es sich auf dem Sofa bequem. Die Strapazen der Reise und der genossene Alkohol ließen sie sofort einschlafen. Sie erwachte aus einem tiefen Schlaf und merkte, dass sich eine Hand langsam an ihrem Oberschenkel hoch tastete. Schlaftrunken und mit geschlossenen Augen vernahm sie ein lautes Schnarchen, das

sie dem Meindel zuordnete. Als sie die Augen öffnete, sah sie Breitner schnarchend im Sessel sitzen. Gerd Meindel hockte wie ein Geier neben ihr und befummelte sie.
„Na, gefällt Dir das?“, hauchte er mit tonloser Stimme und versuchte sich über sie zu beugen.
„Lass mich in Ruhe, Du Sau!“, schrie sie ihn an und stieß ihn weg.
Mit einem Satz sprang sie hoch und lief die Treppe hinauf bis ins Schlafzimmer. Sie verschloss die Türe von innen und legte sich schlafen. Gegen Mittag quälte Biggi sich aus dem Bett. Gerd Meindel und Breitner saßen auf der Terrasse und tranken schon wieder. Als Meindel sie erspähte erhellte sich sein Gesicht.
„Guten Tag, meine Liebe!“, heuchelte er.
„Ich hoffe, Du hast dich von unserer kleinen Feier wieder prächtig erholt?“
Rolf schaute ihn mit verkniffenen Augen an.
„Du bleibst doch noch, Gerd“, sagte er zum Schrecken von Biggi, die damit gerechnet hatte, dass er endlich fährt. Meindel grinste sie an und ließ seinen Blick an ihr herab gleiten.
„Gerne. Dann können wir uns noch etwas in Ruhe unterhalten!“, antwortete er.
Rolf hatte zwischenzeitlich die Bierbestände wieder aufgefüllt und schenkte wieder nach.
„Ich habe die ganze Geschichte noch einmal überdacht und bin zu dem Entschluss gekommen, dass Du, lieber Rolf, das Haus haben kannst. Allerdings nicht zu dem Preis, den Du in den Vertrag geschrieben hast!“, sagte er wie aus heiterem Himmel.

„Was hast du denn für Preisvorstellungen? Du weißt, dass ich hier schon jede Menge investiert habe!“, protestierte Breitner patzig.
„Nun, ich dachte mir, wenn wir den Preis verdoppeln, sind wir einig“, schlug Meindel vor.
„Das ist doch nicht Dein Ernst. Du willst zweihunderttausend für diese Hütte haben?“, brüskierte sich Breitner.
„Jawohl, das musst Du schon anlegen. Für das Geld werde ich es allemal quitt. Außerdem wohnst du ja schon hier und zahlst keine Miete“.
Er lächelte mit süffisantem Gesichtsausdruck und nahm einen Schluck aus dem Glas. Breitner saß vor ihm und starrte ihn an.
„Du weißt doch, Rolf. Beim Geld hört die Freundschaft auf. Ich gebe Dir und Deiner schönen Verlobten eine Woche Bedenkzeit!“
„Das ist Dein letztes Wort?“, fragte Breitner.
Meindel nickte.
„Sagte ich doch!“
Wenn es anfangs den Anschein hatte, dass Breitner vor Entrüstung an die Decke gehen würde, so täuschte man sich. Er reagierte ruhig und gelassen und wirkte sogar witzig.
„Na schön, Gerd. Die Sache ist perfekt. Du weißt, dass ich an diesem Haus hänge und beinahe jeden Preis bezahlen würde“, bemerkte Breitner.
„Aber darauf sollten wir anstoßen!“
Biggi war ebenso erstaunt wie Meindel, dass der Kauf so schnell und unkompliziert über die Bühne ging. Dennoch waren wohl alle froh, dass es nicht zu einer Auseinandersetzung kam, denn schließlich kannten sie sich bereits jahrelang. „Abgemacht! Trinken wir einen darauf!“, sagte Gerd Meindel. Biggi stand auf, um Bier aus dem Haus

zu holen, doch Breitner hinderte sie daran, indem er sie an der Hand festhielt. „Lass nur Biggi. Ich mache das schon!“ Es schien Meindel nicht unrecht zu sein, dass er ins Haus ging.

„Möchtest Du auch hier einziehen, Biggi?“, fragte Meindel.

Biggi merkte, dass er ihr wieder auf die Beine starrte. Sie schlug sie extra übereinander, sodass der kurze Rock noch höher rutschte. Sie nahm eine Zigarette aus der Packung, zündete sie an und blies ihm den Rauch ins Gesicht.

„Ja, ich denke schon. Ich habe das Haus in der kurzen Zeit schon richtig schätzen gelernt. Wenn Du möchtest, kannst Du uns später jederzeit besuchen kommen“, sagte Biggi.

„Auf dieses Angebot werde ich gerne zurückkommen!“, sagte er und grinste sie zweideutig an.

Rolf kam aus dem Haus und trug ein Tablett mit bereits eingeschenkten Whiskygläsern. Sorgsam stellte er jedem ein Glas auf den Tisch, nahm seines in die Hand und prostete ihnen zu.

„Auf unser neues Haus!“ stieß er hervor und lachte verkniffen.

Ohne mit der Wimper zu zucken, trank er sein Glas in einem Zuge leer und schenkte sich und Meindel sofort wieder nach. Nach dem zweiten Drink wurde Meindel sichtlich ruhiger. Er verzog das Gesicht und begann seine Augen zu reiben. Immer wieder versuchte er aufzustehen, doch seine Beine wollten nicht so wie sein Kopf.

„Ich glaube, ich habe zu schnell getrunken. Bei mir dreht sich alles!“, lallte er.

Sein Kopf knallte mit einem Mal auf die Tischplatte und er atmete in tiefen Zügen.

„Was ist denn mit dem los?“, fragte Biggi verwundert.

Plötzlich stiegen Zweifel und dunkle Vorahnungen in ihr hoch.

„Was hast Du vor?“, fragte sie energisch.
„Ich werde das Schwein beseitigen. So kann der nicht mit mir umspringen!“, sagte er verbittert.
„Du kannst den doch nicht einfach auch noch umbringen!“, rief Biggi voller Verzweiflung.
„Das wirst Du ja sehen!“, antwortete er entschlossen.
Er stand auf und zog Meindel sein Hemd aus, sodass er nur noch mit der Hose bekleidet am Tisch saß. Anschließend nahm er seinen Kopf hoch und flößte ihm den Rest der Flasche ein. Meindel schnaubte und sträubte sich, aber ein Teil des Whiskys fand seinen Weg in den Rachen.
„Das reicht! Der wird jetzt erst einmal schlafen. Ich habe dem ein starkes Schlafmittel in seinen Drink gemixt. Deshalb ist der so schnell eingeschlafen!“, verkündete Breitner schadenfroh.
„Du musst mir helfen, Biggi. Allein schaffe ich es nicht!“
Wie in Hypnose stand sie vor ihm und konnte nur nicken. Sie war nicht in der Lage einen klaren Gedanken zu fassen. Jetzt ging es schon wieder los. Breitner ging ruhig, fast gelassen, als ob er Gartenarbeit verrichten wollte, in die Garage und holte zwei Leitern. Aus dem Keller besorgte er zwei breite Transportriemen, wie sie gewöhnlich für Umzüge gebraucht wurden, und legte sie neben die lange Leiter. Biggi stand erstarrt und beobachtete sein Treiben.
„Fass Du an die Beine. Ich nehme den Oberkörper!“, befahl er und sie gehorchte.
Breitner fasste dem wehrlosen Mann unter die Oberarme, schleifte ihn zur Leiter und legte ihn seitlich darauf. Biggi fasste seine Beine am Saum der Hosenbeine und stolperte hinter her. Breitner wusste genau, was er tat. Mit aller Kraft positionierte er Meindel´s Körper in Bauchlage, sodass seine Füße sich oberhalb der viertletzten Sprosse befanden. Anschließend legte er eines der Bänder um die Leiter herum

und zog es in Höhe der Hüfte fest. Das zweite Band legte er in der gleichen Art unterhalb der Achselhöhlen an. Schnaufend vor Anstrengung gelang es ihm, die Leiter mit Meindel`s aufgeschnalltem Körper in Richtung der großen Birke zu ziehen. Nach Luft schnaufend stand er vor der Leiter und betrachtete sein Werk. Unbeeindruckt ging er in die Garage und kam mit einem Strick in der Hand zurück. Das Seil band er um den Hals des Opfers und ließ das obere Ende nach unten baumeln.

„Los Biggi! Sorge dafür, dass die Leiter unten nicht wegrutscht!", befahl er ihr.

„Stelle einfach den Fuß davor!"

Sie gehorchte und stellte zitternd beide Füße gegen das Ende der Leiter. Rolf stellte sich darunter und drückte das enorme Gewicht Zentimeter für Zentimeter nach oben, bis die Leiter fast senkrecht am Stamm des Baumes anlehnte. Die Transportgurte sorgten dafür, dass Meindel`s Körper in dieser Stellung nicht herunterkippte.

„Den Rest mache ich alleine! Räume das Haus auf und stelle die Gläser weg, bis auf das von dem Meindel!", wies er sie schroff an.

Sie folgte seinen Befehlen und hastete wie von Sinnen ins Haus, um Ordnung zu schaffen. Vom Fenster aus sah sie, wie Breitner mit einer zusätzlichen Treppenleiter zu Meindel auf die Leiter stieg und das Strickende von Meindel`s Hals hoch am Baumstamm festknotete. Vorsichtig kletterte er wieder zurück und löste die Transportbänder, die den Körper sicherten. In diesem Moment wurde er nur noch vom Seil, dass er am Hals trug und von seinem Gewicht, das durch die Schräglage der Leiter stabilisiert war, gehalten. Breitner stand auf der untersten Sprosse und schaute sich nach allen Richtungen um. Er umfasste mit beiden Händen seine Fußknöchel und zog sie von der Sprosse, sodass er mit

seinem Gewicht in die Seilschlinge fiel und er sich erdrosselte. Mit dem abgebrochenen Ast einer Kiefer beseitigte er pedantisch genau die Schleifspuren, die er verursacht hatte, und lief keuchend zum Wagen, in dem Biggi wartete.
„Fahr los! Aber ganz langsam!“, befahl er ihr.
Sie gehorchte. Trotz der schwülen Hitze fühlte sie sich wie in einen Eisberg eingeschlossen. Mit zitternden Gelenken fuhr sie aus der Einfahrt heraus und bog auf die nächste Hauptstraße ab. Nach einigen Kilometern blieb sie auf einem Waldparkplatz stehen und zündete sich eine Zigarette an. In tiefen Zügen sog sie den Rauch in ihre Lungen.
„Du hast ihn eiskalt umgebracht. Das war Mord!“, sagte sie mit tonloser Stimme.
Er saß wie ein Unschuldslamm neben ihr auf dem Beifahrersitz.
„Was sollte ich denn machen? Mir blieb doch nichts anderes übrig. Er hätte mir das Haus nicht gegeben!“, entschuldigte er sich mit ausdrucksleerer Miene, um gleich darauf theatralisch die Hände vor das Gesicht zu reißen und zu heulen, wie ein Schlosshund.
In diesem Augenblick war es ihr egal, wie es ihm ging. Er riss sie immer weiter in den Abgrund hinein, den sie so nie gewollt hatte. Biggi hatte einen Punkt erreicht, an dem sie machtlos mit anschauen musste, wie er ihr Schicksal besiegelte. Aber es brachte alles nichts. Sie musste wieder einmal Ruhe bewahren. Breitner war außer Kontrolle geraten. Er konnte nicht mehr abschätzen, was er tat. Auffällig war, dass er nach diesen Extremsituationen fast ausschließlich mit einem völligen Zusammenbruch reagierte. Sie fuhr ziellos umher und redete kein Wort mit ihm. Die Stille war unerträglich. In der Nähe des Hafens stellte sie den Wagen ab und zog Breitner, der immer noch apathisch

wirkte, vom Beifahrersitz. Sie hakte ihn einfach unter und schlenderte mit ihm am Rheinufer entlang. Viele Menschen tummelten sich bei diesem Wetter dort. Die rote Abendsonne tauchte die Uferpromenade und den sanft abfallenden Wiesenhang zum Fluss in ein goldenes Licht.

Wiedlof blätterte konzentriert in den Akten, als das Telefon klingelte.

„Das wird Sie bestimmt interessieren!“, sagte Hauptkommissar Schumacher zu Wiedlof.

„Wir haben einen Suizid hier in Nettetal zu bearbeiten. Raten Sie mal, um wen es sich handelt!“

Wiedlof verzog das Gesicht am Telefon.

„Machen Sie es nicht so spannend. Wer ist es?“, fragte er ungehalten.

„Spaziergänger haben den Gerd Meindel tot am Baum hängend aufgefunden. Allerdings im Waldhaus keine Spur von einem Abschiedsbrief!“, verkündete Schumacher.

„Das ist ja interessant! Wir sind in einer halben Stunde dort!“, sagte er.

Jonas Reisholz hatte mitgehört und stand schon mit dem Schlüssel in der Hand in der Türe. Als sie am Waldhaus eintrafen, waren Beamte dabei, den Tatort aufzunehmen. Gewöhnlich erfuhr die Mordkommission nicht von jedem Selbstmord. Hier war es etwas anderes, da Wiedlof höchstpersönlich darum gebeten hatte, ihm alles mitzuteilen, was mit Breitner und seinem Umfeld zu tun hatte. Dr. Waller kniete vor dem Toten und begutachtete die Strangulationsfurche. Sie schaute auf und lächelte, als sie Jonas Reisholz entdeckte.

„Was denken Sie?“, fragte Wiedlof.

„Nach meiner Einschätzung ist das hier ein klassischer Fall von Selbstmord. Ich kann keine Fremdeinwirkung feststellen!“, sagte sie.

„Haben Sie Zweifel?“, fragte sie besorgt.

„Der Mann lebte im Umfeld einer Person, die ständig mit merkwürdigen Straftaten in Verbindung gebracht wird. Daher dachten wir, es könnte sich um ein Tötungsdelikt handeln!“, bemerkte Reisholz.

„Die Beamten vor Ort haben den Hausarzt telefonisch erreicht. Ich habe mit ihm gesprochen. Er sagte mir, dass der Tote ein schweres Hüftleiden hatte und unter Depressionen litt. Deshalb hat er hammerharte Antidepressiva eingenommen. Ich kann beim besten Willen nichts anderes feststellen!", bedauerte sie.
Wiedlof nickte ihr zu. Er wusste, dass sie sehr zuverlässig war, und konnte sich auf ihr Urteil verlassen. Trotzdem störte ihn an diesem Tatort etwas. Er konnte es sich aber nicht erklären. Es war eine gespenstige Szene, als der Leichenwagen vorfuhr und der leblose Körper Meindels in den Notsarg gelegt und anschließend in den schwarzen Wagen getragen wurde. Wiedlof ging mit Reisholz zum Baum, an dem die Leiter immer noch angelehnt stand. Auf dem Boden lagen Utensilien, die der Notarzt zurückgelassen hatte.
„Sagen Sie mal, Reisholz. Fällt Ihnen auf, dass der Boden hier frisch geharkt worden ist. Sie sehen hier zwar die Spuren der Beamten im Sand. Im Wesentlichen ist aber alles geharkt!", stellte er fest.
„Richtig!", sagte Reisholz.
„Als wir zuletzt hier waren, sah der Boden fester aus. Nun sieht man jeden Fußabdruck!"
Wiedlof kniete vor der Leiter zu Boden und musterte die Eindruckstelle der Holme.
„Wie schwer war der Meindel?", fragte er.
„Ich schätze mal so um die hundert Kilo", antwortete Reisholz. Wiedlof stand auf und grübelte.
„Lassen sie doch bitte einmal das genaue Gewicht von diesem Mann und das Gewicht von der Leiter feststellen. Wenn wir das addieren, muss eine gewisse Eindrucktiefe im Boden erreicht werden.

Sollten die Eindrücke hier übereinstimmen, ist alles in Ordnung. Ich gehe davon aus, die Eindrücke werden tiefer sein!" Jonas Reisholz schaute ihn ungläubig an und gab die Anweisungen an den Erkennungsdienst weiter. Als sie zur Straße gingen, kam ein Wagen langsam heran gefahren. Reisholz erkannte sofort, dass es Biggi Heinrichs war, die am Steuer saß. Den Mann auf dem Beifahrersitz kannte er nur zu gut von Bildern aus der Kriminalakte. Er schaute Wiedlof an, doch der hatte sie ebenfalls schon bemerkt. Wiedlof wartete, bis Breitner und Biggi Heinrichs auf sie zukamen.

„Guten Tag! Wir sind Bekannte von Herrn Meindel", sagte Breitner selbstsicher und reichte Wiedholz die Hand zum Gruße.

„Ist etwas passiert?", fragte Breitner scheinheilig.

Wiedlof nickte. „Allerdings. Herr Meindel wurde tot im Garten aufgefunden", antwortete er knapp.

„Was führt Sie hier hin?", fragte er interessiert.

„Wir oder besser gesagt, ich habe Herrn Meindel das Haus abgekauft. Zumindest haben wir den Vertrag darüber unterzeichnet. Im Grunde genommen wohne ich schon hier, das war alles nur noch eine Formalität", berichtete Breitner selbstsicher. Reisholz notierte die Angaben fleißig in sein Notizbuch. „Sagen Sie mal, Herr Breitner. Wann haben Sie Herrn Meindel zuletzt gesehen?", fragte Wiedlof und ließ seinen Blick beiläufig zu Biggi wandern, um ihre Reaktionen abzuschätzen. Breitner war ein guter Schauspieler. Er schaute Biggi an. „Wann sind wir gefahren? Ich glaube, es war so gegen Halbzwölf. Nicht wahr, Biggi?"

Sie nickte.

„Wir wollten nach Düsseldorf fahren und Gerd Meindel saß zu diesem Zeitpunkt im Garten und trank Whiskey. Er wollte sich wohl vom Haus verabschieden", erklärte Breitner heuchlerisch.

„Herr Meindel ist am Nachmittag von Spaziergängern gefunden worden“, berichtete Reisholz.
Breitner und Biggi taten bestürzt. Wiedlof schaute Biggi durchdringend an.
„Sie, Frau Heinrichs, waren ebenfalls hier zugegen und können die Angaben von Herrn Breitner bestimmt bestätigen?“, fragte er mit einem bestimmten Unterton in der Stimme.
„Ja, kann ich! Wir haben noch gemeinsam auf den Verkauf angestoßen. Anschließend habe ich die Gläser gespült und weg geräumt. Wir sind nach Düsseldorf gefahren und Herr Meindel blieb alleine hier zurück!“, berichtete sie.
„Was machen wir denn jetzt? Können wir nicht mehr ins Haus?“, fragte Breitner mit sorgenvollem Gesicht.
„Sie sagten uns, sie hätten einen Kaufvertrag gemacht. Können wir den mal sehen?“, fragte Wiedlof.
„Natürlich!“, antwortete Breitner.
„Ich habe den Vertrag bei mir im Büro, aber dafür müsste ich ins Haus!“
„Das ist kein Problem“, sagte Reisholz. Sie gingen durch den Garten. Breitner und Biggi sahen, dass der Erkennungsdienst damit beschäftig war, die Eindruckspuren der Leiter mit Gips auszugießen.
„Was machen Ihre Kollegen dort?“, fragte Breitner neugierig. „Nichts besonders“, erwiderte Wiedlof.
„In solchen Fällen gehört das alles zur Routine!“
Reisholz blätterte in seinem Notizbuch und wandte sich an Biggi.
„Sagen Sie mal, Frau Heinrichs! Sie sind doch mit der Frau Rosa Brenner befreundet. Wo steckt die eigentlich. Wir versuchen sie zu erreichen, aber sie ist wie vom Erdboden verschluckt!“

Wiedholz musterte Rosa aufmerksam. Man konnte ihr anmerken, dass sie erschrocken war. Allerdings hatte sie sich gut im Griff.
„Das kann ich Ihnen auch nicht sagen. Nachdem diese schreckliche Sache mit ihren Kindern passiert ist, habe ich sie nicht mehr gesehen. In der Bar war sie auch nicht mehr. Hoffentlich hat sie sich nichts angetan!“, heuchelte sie besorgt.
Rolf öffnete eine Lade im Sekretär und übergab Wiedlof einen Briefumschlag mit dem Vertrag. Wiedlof prüfte ihn und bemerkte die Unterschriften.
„Ist die Bezahlung schon erfolgt?“, fragte Wiedlof neugierig.
„Nein, das Geld muss noch überwiesen werden“, reagierte Breitner.
„Das werde ich alles mit der Familie von Gerd regeln, da brauchen Sie sich keine Sorgen zu machen!“, fügte er noch hinzu.
Wiedlof reichte ihm das Schriftstück zurück.
„Soweit ich es einschätze, ist mit dem Vertrag alles in Ordnung. Sie können natürlich hier übernachten, wenn es Ihnen nichts ausmacht, dass Herr Meindel hier verstorben ist. Wenn wir noch Fragen haben, wenden wir uns wieder an Sie. Ihre telefonische Erreichbarkeit ist ja nun auch gegeben“, stellte Wiedlof fest.
Mit dem Ergebnis unzufrieden, verließen sie das Haus durch die Haustüre.
„Sie lassen den Typen im Haus wohnen?“, fragte Reisholz entrüstet.
„Natürlich. Was haben wir denn gegen den Breitner in der Hand. Nichts. Wir haben keine Spurenlage. Das sieht alles glasklar wie ein Selbstmord aus. Zurzeit können wir nichts machen!“, stellte Wiedholz mit fast erschreckendem Nachdruck in der Stimme fest.

Triumphierend schaute Breiter den Beamten nach, als sie das Haus verließen.

„Alles nur Bluff. Die haben nichts in den Händen. Keine Beweise. Nichts!“, lachte er und schüttete sich wieder einen Drink ein.

Er war mit sich zufrieden und legte den Arm um Biggis Schulter. Sie stieß ihn weg und setzte sich demonstrativ auf das gegenüberliegende Sofa.

„Ich mache diese Schlachterei nicht mehr mit. Wenn Du Dich nicht änderst, gehe ich!“, schrie sie ihn an.

Darauf war Breitner nicht vorbereitet. Ohne weitere Worte verließ sie das Wohnzimmer und ging ins Bett. Breitner saß im Sessel und spürte, dass der Boden zu schwanken begann. Diese dumme Kuh. Was bildete sie sich eigentlich ein? Lässt ihn einfach so sitzen. Ist doch alles im Lot. Er nahm einen Schluck aus dem Glas und schaute zum Fenster. Was war das? Dort stand Meindel und winkte ihm zu. In der Hand hatte er eine Sense. Er stand auf, um das Fenster zu schließen, aber die die Vorhänge versuchten, nach ihm zu greifen. Apathisch torkelte er zur Garderobe und zog ein kleines Löschpapier aus dem Umschlag und ließ es unter der Zunge zergehen. Doch seine Angst wurde immer stärker. Rosas Kopf lag auf dem Tisch und sprach zu ihm. Er konnte diese Worte nicht verstehen. Er hörte nur ein gurgelndes Geräusch. Panisch flüchtete er in den Keller und verkroch sich in einem alten Schlafsack hinter einer Kiste unter der Kellertreppe. Biggi träumte unruhig und verspürte ein starkes Durstgefühl. Schlaftrunken wankte sie die Treppe herunter. Wo steckte Breitner. Das Licht brannte noch, doch sie konnte ihn nicht finden. Die Kellertüre stand offen, wie ein dunkles Loch. Kühle Nachtluft flutete die Räume durch die noch offen stehenden Fenster und ließ die Gardinen wie weiße Schleier tanzen. Vorsichtig stieg sie mit nackten Füßen die kalten Steinstufen der Kellertreppe herab. Es war ein merkwürdig beklemmendes Gefühl. Es roch nach Schimmel und alten Kartoffeln. Die schwache Lampe an der Wand warf lange Schatten, als sie die knarrende Holztüre des Versorgungskellers öffnete. Vorsichtig tastete sie mit der Hand nach dem Schalter und war völlig erschrocken, dass dort Breitner mit weit aufgerissenen Augen vor ihr stand. Mit hasserfüllter Mine fasste er ihr mit zwei Fingern an den Kehlkopf und drehte sie zur Seite. In der Klammer dieses Griffes war sie völlig wehrlos und ließ alles über sich ergehen.

„Wenn Du mir noch einmal drohst, bringe ich Dich um. Hast Du mich verstanden? Ich habe Dir gesagt, dass ich Dich liebe. Mein Wort sollte Dir reichen!“, schrie er mit entrückter Stimme.

Biggi merkte, dass sein Griff sich lockerte, und schlug die Hand weg, sodass er in eine Ecke taumelte. Ihr liefen Schauer über den Rücken und kleine unsichtbare Mücken kreisten vor ihren Augen. Panisch lief sie die Treppe hinauf und schloss sich im Schlafzimmer ein. Das war es, was sie immer befürchtet hatte. Er hat den Angriff auf sie gewagt, wie ein wildes Tier war er auf sie los gegangen. Sie zog sich an und schlich sich auf den Flur hinaus. Er war nicht zu sehen. Vorsichtig stahl sie sich durch die Küche, von dort waren es nur noch wenige Meter bis zur Einfahrt zum rettenden Wagen. Auf der Veranda sah sie ihn. Er saß im Schaukelstuhl und schaute sie an.

„Du gehst?“, fragte er mit trauriger Stimme.

Sie ignorierte ihn und rannte vorbei zum Auto. Nach kurzer Fahrt fuhr sie in einen Waldweg und schaltete den Motor aus. Alle möglichen Gedanken schossen ihr durch den Kopf. Ob er sie umbringen könnte, nach allem, was sie für ihn getan hatte? Sie überlegte und rauchte eine Zigarette nach der anderen. Vielleicht wäre es besser, zu den Eltern zu fahren und sich dort richtig auszuschlafen. Vielleicht würde er sich entschuldigen. In diesem Moment sah sie einen Wagen vorbei fahren. Es war Matthias. Offensichtlich hatte er sie nicht bemerkt. Doch was wollte er um diese Uhrzeit im Waldhaus? Ihr Neugierde wuchs und sie entschloss sich, der Ursache auf den Grund zu gehen. Sie fuhr den Wagen auf einen weiter entfernten Parkplatz, auf dem gewöhnlich Spaziergänger parkten.

Die Sonne stand schon voll am Himmel. Über unbefestigte Waldwege ging sie zurück zum Waldhaus. Matthias Wagen stand in der Einfahrt, neben dem Haus. Außer den Vogelstimmen war kein Geräusch zu vernehmen. Mit langsamen Schritten ging sie um das Haus herum. Was war das? Wie erstarrt trat sie hinter die Hausecke zurück. Ihr Herz schlug vor Aufregung so stark, dass sie befürchtete, es könne jeden Augenblick stehen bleiben. Sie sah, wie Breitner einen großen Gegenstand, eingerollt in Folie, in den Garten zog und hinter einem Gestrüpp liegen ließ. Was war in dem schweren Paket? War es etwa Matthias? Hatte er ihn auch umgebracht? Sie hielt die Luft an, um bloß kein Geräusch zu machen. Ganz langsam und vorsichtig schlich sie zurück zur Straße und lief so schnell, wie sie konnte, zurück in den schützenden Wald. Sie war fassungslos und versuchte zu verstehen, was geschehen war. Hatte er etwa seinen besten Freund umgebracht? Wie sollte sie sich jetzt verhalten? Wenn er es getan hatte, dann war er nicht mehr zu retten. Er wäre ein blutrünstiges Monster, das vor nichts und niemandem haltmachte. Vielleicht war er krank und brauchte ihre Hilfe? Sie nahm all ihren Mut zusammen und beschloss in das Waldhaus zurückzukehren, um sich ein Bild zu machen. Wenn ihm jemand helfen und stoppen konnte, so war nur sie es. Ein Blick auf die Armbanduhr sagte ihr, dass sie fast zwei Stunden weg war. Das Gartentor stand wie immer offen.

„Hallo Rolf, bist Du hier?“, rief sie.

Doch keine Reaktion. Plötzlich sah sie ihn. Er lag mit hinter dem Kopf verschränkten Armen auf dem Sofa und schaute sie an.

„Hast Du Dich wieder beruhigt?“, fragte er mit einer sanften Stimme. Langsam ging sie auf ihn zu.
„Ja klar! Sonst wäre ich nicht hier“, antwortete sie lässig. „Die Sache tut mir leid. Ich schätze, es war in der letzten Zeit etwas viel. Außerdem habe ich aus Frust die halbe Nacht gesoffen!“, entschuldigte Breitner sich.
Er setzte sich neben sie und nahm sie in den Arm.
„Es wird nicht wieder vorkommen. Das verspreche ich Dir!“, sagte er und gab ihr einen zärtlichen Kuss auf die Wange. Eigenartigerweise wich ihre Angst sofort. Sie war nun glücklich, zurückgekommen zu sein. Schließlich war es doch Liebe auf den ersten Blick. Er zog sie sanft gegen seine breite Brust uns streichelte ihr behutsam über das Haar.
„Was ist mit Matthias? Sein Wagen steht noch in der Einfahrt?“, fragte Biggi vorsichtig.
„Willst du die Wahrheit wissen?“, fragte er.
„Natürlich. Du weißt, dass Du mir vertrauen kannst“, reagierte Biggi etwas nervös.
„Matthias ist tot. Er liegt draußen im Garten!“, sagte er, als ob es das selbstverständlichste der Welt wäre.
Bestürzt verbarg sie die Hände vor ihrem Gesicht. War jetzt all das eingetroffen, dass sie befürchtet hatte?
„Wie konnte das passieren, Rolf? Hast Du ihn umgebracht?“, fragte sie.
„Nein habe ich nicht. Kurz, nachdem Du weg warst, kamen zwei Männer. Ich glaube, es waren die Holländer. Sie wollten das Rauschgift von dem Typen aus Grevenbroich. Ich habe denen gesagt, dass ich das Zeug nicht mehr hätte, was sie mir aber nicht glaubten. Einer von denen hatte plötzlich den Feuerhaken vom Kamin in der Hand und ging auf mich los. Plötzlich stand Matthias in der Türe. Der mit dem Haken hat einfach auf ihn eingeschlagen. Er fiel um, wie ein Stein und bewegte sich nicht mehr. Die Typen haben wohl Panik

bekommen und sind abgehauen. Die haben mich noch gewarnt, bloß die Schnauze zu halten und nicht die Bullen zu rufen. Als sie weg waren, habe ich nach Matthias geschaut, aber es war zu spät. Er war tot. Ich wusste nicht, was ich tun sollte und so habe ich ihn in eine Folie gerollt und in den Garten gebracht", berichtete er.

Breitner erzählte den Ablauf der Ereignisse dermaßen emotional und empathisch, dass Biggi niemals an der Glaubwürdigkeit gezweifelt hätte.

„Wir müssen die Leiche von ihm verschwinden lassen. Es könnte sein, dass in der nächsten Zeit die Polizei hier auftaucht und nach ihm sucht!", sprach er aufgeregt.

„Warum soll denn die Polizei hier auftauchen?", fragte Biggi erstaunt.

In ihrer Stimme schwang ein ängstlicher Unterton mit.

„Es ist eben so!", sagte er zögernd, als wolle er nicht mit der Sprache heraus.

„Ich habe seine Mutter angerufen und ihr gesagt, dass Matthias entführt worden ist!", berichtete er.

„Wie kommst Du auf eine solche Idee?", fragte Biggi und schaute ihn fragend an.

Breitner stand auf und ging im Zimmer nervös auf und ab. Hin und wieder schaute er aus dem Fenster, als erwarte er jeden Moment einen Polizeiwagen.

„Ich brauche Geld. Ganz einfach nur Geld! Das Haus muss bezahlt werden, denn es wird nicht mehr lange dauern, bis die Familie von dem Meindel auf der Matte steht und das Geld fordert. Außerdem brauchen wir auch was zum Leben!", sagte er aufgeregt, dass ihm die Röte ins Gesicht stieg.

„Aber wieso rufst du ausgerechnet die Mutter von Matthias an? Was hast Du ihr denn erzählt?", wollte Biggi wissen.

„Ich habe ihr gesagt, dass Mattias mich angerufen hätte, dass

er von unbekannten Leuten gekidnappt worden wäre. Diese Männer würden für seine Freilassung ein Lösegeld von dreihunderttausend Mark fordern“.
„Und wie hat sie reagiert? Sie muss sich doch Sorgen machen. Es ist doch nicht das normalste der Welt, wenn der einzige Sohn entführt wird?“
Breitner wirkte wieder gereizt. Er zündete sich schon wieder eine Zigarette an und sog nervös daran herum.
„Natürlich war sie besorgt. Sie sagte, dass es schwierig sein würde, so viel Geld in kurzer Zeit zu besorgen. Außerdem sprach sie davon, dass es vielleicht besser wäre, die Polizei zu informieren. Ich habe ihr natürlich davon abgeraten, weil die Entführer ausdrücklich keine Polizei wollten“. Das Klingeln des Telefons unterbrach ihr Gespräch.
„Hören Sie Herr Breitner. Wenn ich bis heute Abend nichts von meinem Sohn oder den Entführern gehört habe, werde ich die Polizei informieren!“, sagte er mit Nachdruck, obwohl er sichtlich nervös und aufgebracht wirkte.
Breitner zog die Stirn sorgenvoll in Falten, als er den Hörer auflegte. Er ging zum Fenster und schaute hinaus.
„Wir müssen jetzt handeln! Die Leiche muss hier weg. Außerdem sollten wir die Sachen von Matthias vernichten und seinen Wagen weg bringen“.
Er verließ das Haus und kehrte nach kurzer Zeit mit einer Tasche zurück, die er aus dem Wagen geholt hatte. Kurzerhand schüttete er den gesamten Inhalt auf den Tisch und begann zu sortieren.
„Ich werde das Zeug im Garten verbrennen. Dann findet es niemand mehr!“
Er stopfte alles wieder hinein und rannte völlig überdreht in den Garten. Neben dem kleinen Gartenhaus hatte er eine Feuerstelle, in der gewöhnlich Gartenabfälle verbrannt wurden. Er schüttete die Tasche aus, goss aus einem

Kanister Benzin darüber und steckte es mit einem Zündholz an.
„Der Wagen! Was ist mit dem Wagen?“, rief er hektisch.
„Wir bringen den Wagen jetzt nach Düsseldorf!“
Breitner fuhr den Wagen von Matthias. Biggi folgte ihm. In Düsseldorf stellten sie den Wagen am Rheinufer ab. Zügig machten sie sich zurück auf den Weg zum Waldhaus. Rolf Breitner überzeugte sich davon, dass ihnen niemand gefolgt war. Zu groß war seine Angst, erwischt zu werden. Er holte die große hölzerne Schubkarre, mit der sie schon einmal unterwegs waren aus dem Schuppen. Vor Erregung schnaufend und mit weit aufgerissenen Augen ging er auf Biggi zu.
„Ich muss vorher noch etwas trinken, sonst haltet ich das nicht durch!“
Er nahm ein Blättchen aus dem Umschlag und spülte es mit einem Schluck Whisky herunter. Nach dem dritten Glas lockerten sich seine Gesichtszüge und man konnte sogar ein Lächeln erahnen.
„Lass es hinter uns bringen, mein Engel. Glaube mir, dass ich Dich nie wieder in eine solche Situation bringe!“, versprach er und Biggi glaubte ihm.

Der Mond stand am Himmel und beleuchtete die Szenerie in einem fahlen Licht. Sie gingen wortlos durch den Garten und luden Matthias Leiche auf die Holzkarre. Feuchtigkeit hatte sich auf der Folie abgesetzt, sodass sie sich kalt und glitschig anfühlte. Breitner holte eine Schaufel aus dem Schuppen und drückte sie Biggi in die Hand.

„Nimm du die Schüppe. Ich fahre die Karre!"

Breitner schob die Karre am Haus vorbei und bog nach einigen Hundert Metern in einen Waldweg ab. Sie sprachen kein Wort. Der Weg war von alten Birken gesäumt und wirkte im Mondlicht wie eine Allee. Der Pfad war holprig und es machte Breitner große Mühe vorwärtszukommen. Hin und wieder setzte er die Karre ab, um nach Luft zu schnappen. Sie erreichten eine verfallene Kiesgrube, die nur noch dazu genutzt wurde, Schutt und Erdreich abzukippen, um das zuvor entstandene Erdloch wieder aufzufüllen und zu rekultivieren. Breitner fuhr bis an den Rand der Grube und kippte die Karre mit einem Schwung herum, sodass die Leiche die Böschung herunter rollte und etwa in der Mitte des Hanges liegen blieb.

„Gib die Schaufel!", schnaufte Breitner und sprang den steilen Abhang herunter.

Mit kräftigen Schaufelschlägen bedeckte er die grausige Last mit Erdreich, bis sie ganz verschwunden war. Mühsam kletterte er wieder hinauf und setzte sich auf den Rand des Hanges. Wortlos fingerte er eine Zigarette aus der Hemdtasche und zündete sie an. Biggi saß neben ihm. Er starrte auf die Stelle, wo er ihn begraben hatte und wischte sich mit dem Handrücken über das Gesicht. Es war keine Träne, sondern der Schweiß, der ihm in Strömen herunter lief. Biggi war jetzt alles egal. Hauptsache es war vorbei. Sie legte ihm die Hand um die Schulter und küsste ihn. Ein unendliches Gefühl des Sieges befiel sie. Sie streifte sein Hemd ab und öffnete den Gürtel seiner Hose. Im Taumel eines Rausches liebten sie sich unter freiem Himmel unweit der Stelle, wo Matthias begraben lag.

Hauptkommissar Wiedlof wartete am Wagen als Reisholz am Waldhaus Sturm klingelte. Völlig verschlafen schaute Biggi Heinrichs aus dem Dachfenster.
„Was ist denn los. Was wollen sie?“, rief sie den Beamten entgegen.
„Wir müssen mit Ihnen reden!“, rief Reisholz.
„Machen Sie bitte die Türe auf!“, forderte Wiedlof auf.
Biggi rüttelte Breitner an den Schultern.
„Rolf, wach auf. Die Polizei steht unten vor der Türe!“, rief sie.
Breitner drehte sich auf die Seite und zog die Decke über den Kopf.
„Die sollen zum Teufel gehen. Ich stehe jetzt nicht auf!“
Biggi zog ihm die Decke weg und redete auf ihn ein, wie auf ein müdes Pferd. Murrend sprang er mit einem Satz aus dem Bett, zog sich eine Trainingshose und ein Shirt an und ging hinunter. Sie horchte auf dem Flur, als er die Türe öffnete.
„Guten Morgen, Herr Breitner. Wir kennen uns bereits. Wir müssen dringend mit Ihnen reden!“, sagte Wiedlof ernst.
Breitner ließ die Beamten herein und ging mit ihnen ins Wohnzimmer.
„Ich weiß nicht, was ich mit der Polizei zu tun habe, aber Sie werden es mir bestimmt sofort erklären!“, murrte Breitner.
„Allerdings, Herr Breitner. Sie haben gestern die Familie Regen in Düsseldorf angerufen und gesagt, dass der Sohn entführt worden sei. Sie haben darauf bestanden, dass die Polizei nichts davon erfährt. Können Sie uns das bitte einmal erklären?“, sagte Wiedlof ungehalten.
„Ich kann Ihnen nur sagen, dass ich einen Anruf bekam. Matthias war am Draht. Er sagte mir, dass er von Leuten gekidnappt worden sei und das Geld für seine Freilassung

gefordert würde. Ich habe es der Mutter gesagt. Mehr kann ich dazu nicht sagen!"

Wiedlof setzte sich.

„Wer ist noch hier im Haus?", fragte Reisholz forsch.

„Meine Bekannte, die Biggi, ist oben. Sonst niemand!", antwortete Breitner.

Biggi hatte die Frage gehört und ging nur im Bademantel bekleidet die Treppe hinunter.

„Was können Sie uns zu der Sache erzählen?", fragte Reisholz.

„Ich kann nur das wiederholen, was der Rolf Ihnen schon gesagt hat. Mehr weiß ich auch nicht!", antwortete Biggi und setzte ein gekünsteltes Lächeln auf.

Reisholz schien an der Aussage überhaupt nicht interessiert zu sein.

„Haben Sie etwas dagegen, wenn ich mich in Ihrem Garten etwas umschaue?", fragte er Breitner.

Das passte ihm alles überhaupt nicht und wurde ungehalten.

„Also ich weiß nicht, was das alles soll. Was hat denn mein Garten mit der Entführung von dem Matthias Regen zu tun?" Wiedlof entschärfte die Situation, indem er das Gespräch in eine ganz andere Richtung lenkte.

„Das Haus ist wunderschön gelegen, nicht wahr. Mein Kollege beabsichtigt, zu bauen. Deshalb schaut er sich bei jeder ihm bietenden Gelegenheit die Grundstücke an, um sich Anregungen zu holen, das müssen Sie verstehen".

Breitner war zwar immer noch nicht damit einverstanden, dass Reisholz überall herumschnüffelte, ließ ihn aber gewähren. Wiedlof verstrickte Biggi und Breitner regelrecht in Gespräche, die absolut nichts mit dieser Sache zu tun hatte, und notierte alles emsig in seiner Mappe. Wie mit einem Paukenschlag wurde ihre nette Diskussionsrunde abrupt unterbrochen, als Reisholz mit einer halb verbrannten

Sporttasche in der Türe stand. Er hielt sie mit zwei Fingern hoch und hatte ein hämisches Grinsen im Gesicht.
„Können Sie mir erklären, was das für eine Tasche ist, Herr Breitner?“, fragte Reisholz.
„Sie lag in einer Feuerstelle im Garten. Wusste gar nicht, dass man auf dem flachen Land Sporttaschen zum Anfeuern von Gartenabfällen verwendet!“, fügte er hinzu.
Breitner blieb die Spucke weg. Wiedlof blätterte emsig in seinen Unterlagen. Mit blitzenden Augen ging er auf Breitner zu.
„Schau mal an, Herr Breitner! Das ist genau so eine Tasche, wie sie der Matthias Regen bei sich trug. Können Sie uns das bitte einmal erklären?“, sagte er bissig.
Breitner hatte nicht damit gerechnet. Er fand Begründungen und Sprüche, die den Beamten nicht genügten. Wiedlof hatte den Beginn des roten Fadens gefunden und würde ihn nicht wieder los lassen. Voller Anspannung ging Wiedlof entschlossen auf Breitner zu und baute sich vor ihm auf. Er hatte die Farbe im Gesicht verloren und wirkte ernst und gespannt. „Herr Breitner. Ich gebe Ihnen und Ihrer Freundin hier an Ort und Stelle die Gelegenheit, die Wahrheit zu sagen. Glauben Sie mir, das kann sehr erfrischend sein“.
Breitner hatte seinen ersten Schock überwunden und verfiel wieder in seine Arroganz, die typisch für ihn war, wenn er in einen Abgrund gehetzt wurde. In dieser Situation war er zu allem bereit, auch zum Töten.
„Ich werde hier gar nichts sagen, Herr Kommissar!“, sagte Breitner.
„Sie machen hier auch nichts mehr! Sie verlassen auf der Stelle mein Haus! Haben Sie mich verstanden?“, drohte Breitner und baute sich vor Wiedlof und hob dabei die Fäuste, wie ein Kämpfer.

„Hören Sie zu Breitner. Sie haben verloren. Sie stehen im Verdacht, mit der Entführung des Herrn Regen zu tun zu haben. Ich nehme Sie deshalb fest und nehme Sie mit zur Dienststelle, wenn es sein muss auch gegen Ihren Willen!“, antwortete Wiedlof ruhig.
Jonas Reisholz hatte sein Telefongespräch beendet und kam langsam auf Breitner zu. Er stellte sich schräg hinter ihn und schien nur darauf zu warten, dass er gegen Wiedlof handgreiflich wurde. Schließlich gab er seine sture Haltung auf und erklärte sich bereit, die Beamten zu begleiten. Nach kurzer Zeit fuhren zwei Streifenwagen vor und die Beamten liefen im Laufschritt ins Haus. Sie führten Breitner mit gefesselten Händen aus dem Haus, der alles nur widerwillig über sich ergehen ließ. Biggi Heinrichs wurde ebenfalls abgeführt und zur Dienststelle transportiert. Wiedlof und Reisholz blieben alleine im Waldhaus zurück.
„Mensch Reisholz! Da haben Sie mit der Tasche aber einen Glücksgriff getan!“, frohlockte Wiedlof fröhlich und klopfte ihm anerkennend auf die Schulter.
„Wir holen jetzt erst einmal die Jungs vom Erkennungsdienst. Mal sehen, was die Kollegen noch so alles finden. Aber zuerst müssen wir das Haus und das gesamte Anwesen durchsuchen. Es könnte ja sein, dass Matthias Regen hier irgendwo versteckt ist!“, fügte er hinzu.

Auf der Dienststelle wartete Breitner im Vernehmungszimmer. Die Handfessel hatte man ihm zwischenzeitlich abgenommen. Trotzig, wie ein kleines Kind, hockte er auf einem Stuhl, starrte aus dem Fenster und rauchte eine Zigarette nach der anderen. Vor der Türe stand Gottschalk, der Jüngste im Team. Er hatte die Aufgabe bekommen, bei Breitner zu bleiben, nur um ihn zu beaufsichtigen. Als Wiedlof den Raum betrat, schaute Breitner ihn kurz an, um kurze Zeit später in der gleichen Weise wieder vor sich hinzustarren.

„Hat er etwas gesagt?“, flüsterte Wiedlof fragend zu Gottschalk.

„Nein, kein Wort. Er sitzt nur, raucht und starrt vor sich hin“.

„OK. Ich bleibe jetzt hier. Wenn Sie möchten, können sie einen Kaffee trinken gehen!“

Wiedlof setzte sich an den Schreibtisch und blätterte in den Unterlagen. Eine unerträgliche Ruhe lag in der Luft.

„Möchten Sie einen Kaffe, Herr Breitner?“

Rolf Breitner platzte heraus.

„Hören Sie mal, Sie dienstgeiler Bulle. Ihren Kaffe können Sie sich woanders hinstecken. Ich möchte jetzt nach Hause. Ich sage kein Wort. Von mir aus können Sie mich auch einsperren. Ich habe nichts gemacht. Fertig!“

Wiedlof ließ sich nicht aus der Ruhe bringen. Er zog seine Jacke aus und hängte sie sorgfältig über einen Kleiderhaken neben dem Aktenschrank.

„Herr Breitner. Sie sitzen hier, weil eine Vielzahl von Ungereimtheiten zu klären sind“.

„Ach was. Dann sagen Sie mir einmal welche. Darauf bin ich aber gespannt!“

Wiedlof stand auf und setzte sich auf die Kante des Schreibtisches.

„Das kann ich Ihnen sagen Herr Breitner. Zuerst einmal rufen Sie die Mutter von Matthias Regen an und erzählen ihr seelenruhig, dass ihr Sohn entführt worden ist. Sie soll sich aber keine Sorgen machen und nur mal eben dreihunderttausend Mark bezahlen. Außerdem darf die gute Frau Regen auch nicht mit der Polizei reden, weil sonst das Leben Ihres Freundes Matthias in Gefahr ist. Die Frau ist völlig aufgelöst vor Angst und Schrecken und benachrichtigt die Polizei trotzdem. Wir kommen zu Ihnen und finden so rein zufällig die Sporttasche von Matthias Regen, die er zuletzt bei sich trug, in Ihrer Feuerstelle. Jetzt wollen Sie mir erzählen, Sie haben mit dieser Sache nichts zu tun. Wissen Sie was? Ich glaube Ihnen kein Wort. Ich schätze, Sie lügen schon, wenn Sie Guten Morgen sagen!"
Wiedlof war etwas lauter geworden. Es machte ihn wütend, dass Breitner das Unschuldslamm spielte und mauerte.
„Ich habe mit der Sache nichts zu tun. Alles andere müssen Sie mir erst einmal beweisen, wenn es überhaupt etwas zu beweisen gibt. Und jetzt möchte ich gehen. Ich rede kein Wort mehr mit Ihnen!", sagte er trotzig.
Wiedlof sprang von seinem Stuhl und riss die Türe des Vernehmungszimmers auf.
„Gottschalk! Mein Gott, wo steckt der Kerl schon wieder. Bringen Sie den Breitner in die Zelle. Er bleibt zunächst einmal hier!"
Unsicher kam Gottschalk herein und führte Breitner ab. Er ließ es auch bereitwillig über sich ergehen und folgte dem jungen Beamten auf den Flur. Verärgert warf Wiedlof die Türe ins Schloss und knallte sich wieder hinter seinen Schreibtisch. Jonas Reisholz kam grinsend hereingeschneit und setzte sich.
„Raten Sie mal, was die Kollegen im Waldhaus gefunden haben?", grinste er.

„Machen Sie es nicht so spannend!“, sagte er immer noch stocksauer.
„In der Feuerstelle wurden Stoffreste und die Überbleibsel eines Tennisschlägers gefunden. Aber das Beste kommt noch. Im Wohnzimmer wurden auf dem Fußboden Blutspuren entdeckt. Die Kollegen haben die Spuren gesichert und haben schon einen DNA-Abgleich mit den Werten von Matthias Regen veranlasst. Wenn wir Glück haben, ist das Ergebnis morgen da!“

Es war für Biggi ein beklemmendes Gefühl, von der Polizei abtransportiert zu werden. Man ließ sie alleine. Im Raum standen nur ein kleiner Tisch und ein Stuhl. Sie ging im Zimmer auf und ab. Auf dem Flur herrschte emsiges Treiben. Sie konnte nicht beurteilen, wie lange sie schon wartete. War es erst eine halbe Stunde oder war es länger? Nach den Zigaretten zu urteilen dauerte es schon länger. Die Schachtel ging schon zu neige. Aber sie rauchte aus Nervosität pausenlos. Durch das verschmutzte Fenster sah sie Wiedlof und Reisholz aus dem Wagen steigen. Sie hörte Wiedlof mit Breitner im Nebenzimmer reden. Es war beängstigend, wie sie sich gegenseitig anschrien. Verstehen konnte sie nichts.

Sie setzte sich auf den Stuhl und schaute zur Decke. Um sie herum versank alles in Belanglosigkeit. Sie wartete, ohne zu denken und ohne Gefühle. Als die Tür aufging, wurde sie aus ihrer Liturgie gerissen. Reisholz stand lächelnd im Türrahmen.

„Es tut mir leid, Frau Heinrichs. Es hat etwas länger gedauert“.

Sie gingen über den Flur und kamen in ein Büro. Hauptkommissar Wiedlof saß hinter einem großen Schreibtisch und wartete bereits. Höflich deutete er mit der Hand auf einen Stuhl gegenüber dem Schreibtisch.

„Bitte nehmen Sie doch Platz, Frau Heinrichs! Wir müssen Sie hier in dieser Sache vernehmen. Sie wissen, worum es geht, nicht wahr? Es geht um die Entführung des Herrn Matthias Regen“.

Reisholz stellte ihr einen Aschenbecher und eine frische Tasse Kaffee hin.

„Frau Heinrichs, ich appelliere an Sie, endlich eine Aussage zu machen. Überlegen Sie doch bitte, dass die Eltern des Herrn Regen in vollkommener Ungewissheit und Angst um

ihren Sohn sind. Versetzen Sie sich doch bitte einmal in deren Situation!"
Sie nahm einen Schluck aus der Tasse und schaute den Beamten mit großen, unschuldigen Augen an.
„Ich habe Ihnen doch schon alles gesagt, was ich weiß. Mehr als das zu wiederholen, kann ich nicht!", sagte sie eiskalt.
„Wie sie wollen! Wir werden Ihre Aussage im Status einer Beschuldigtenvernehmung durchführen. Sie sind verpflichtet, wahrheitsgemäße Angaben zu Ihren Personalien zu machen! Angaben zur Sache brauchen Sie nicht machen. Außerdem können Sie jederzeit einen Rechtsanwalt Ihres Vertrauens hinzuziehen", leierte Wiedlof hinunter.
Sie war überrascht und nahm noch einen Schluck aus der Tasse. Zickig rührte sie mit einem Löffel darin herum.
„Ich habe Ihnen doch bereits gesagt, was ich weiß. Was soll ich Ihnen denn noch sagen?", erwiderte Biggi.
„Sie sollen uns erzählen, was mit dem Matthias Regen passiert ist!", wiederholte Wiedlof beharrlich.
„Ich weiß aber nicht, was mit dem Matthias Regen passiert ist. Ich kenne den ja noch nicht einmal. Ich kann dazu absolut nichts sagen und habe nur die Nacht mit Rolf Breitner im Waldhaus verbracht. Gut. Wir haben zusammen geschlafen. Aber das heißt ja noch lange nicht, dass ich Ihnen mehr zum Verschwinden von Matthias Regen sagen kann!", schrie sie.
„Wenn das so ist, dann bringen wir das so zu Papier und Sie unterschreiben es!", schrie Wiedlof zurück.
Verärgert schob Reisholz ihr ein Schriftstück herüber, das sie unterschrieb.
„Frau Heinrichs, wir werden Sie hier behalten. Sie werden dem Haftrichter vorgeführt und der entscheidet, ob Sie gehen können oder nicht!", erklärte Reisholz.

Es war für Biggi ein merkwürdiges Gefühl zu wissen, dass Matthias bereits tot und vergraben war. Ein Wort, ein kleiner Hinweis an die Polizisten hätte genügt und die ganze Sache wäre vorbei gewesen. Doch sie wollte es so. Voller Unruhe stand sie vor dem kleinen Fenster und starrte in die Freiheit. Endlich flog die Türe auf und zwei Beamtinnen traten ein.
„Frau Heinrichs, bitte kommen Sie mit!“ Eine der Frauen fasste sie wortlos am Arm und führte sie hinaus auf den Flur. Auf der Treppe sah sie Rolf, der ebenfalls von zwei Beamten abgeführt wurde. Er blieb kurz stehen und schaute sie mit unendlich traurigen Augen an. Trotzdem vernahm sie ein Zwinkern in seinem Gesicht, das ihr Mut geben sollte. Auf dem Gerichtsflur des Krefelder Landgerichtes standen zwei Bänke auf denen sie Platz nahmen. Durch die Fenster blickte man auf den Hof des alten Gebäudes. Man schien bereits gewartet zu haben, denn nach einigen Minuten ertönte eine Stimme aus dem Lautsprecher.
„Bitte eintreten!“ Sie wurden in einen kleinen Saal geführt. Verbrauchte Luft schlug ihnen entgegen und außer dem rhythmischen Ticken einer Uhr, herrschte bedrückende Stille. Am Kopfende des Raumes stand eine Tischreihe auf dem Akten lagen. Eine korpulente Frau hatte sich am Ende dieses Tisches niedergelassen und spannte ein Blatt Papier in die elektrische Schreibmaschine ein, wobei sie den Schlitten hin und her sausen ließ. Ein Wachtmeister mit krausem Bart öffnete das Fenster.
„Kann ich mich hier an das Fenster neben Herrn Breitner setzen?“, fragte Biggi.
Der Wachtmeister nickte.
„Das ist kein Problem!“, antwortete er gelassen.
Breiter schaute sie lange an, sagte aber kein Wort. Die begleitenden Kriminalbeamten suchten die hinteren Plätze auf und warteten auf den Verhandlungsbeginn. Eine

grauhaarige Richterin, mittleren Alters, betrat den Raum und setzte sich.
„Guten Tag! Mein Name ist Dr. Waal. Ich bin die Haftrichterin“, sagte sie mit einer ruhigen und sachlichen Stimme.
Sie wirkte gelassen, fast vertrauensselig und musterte die Beschuldigten neugierig.
„Sicherlich wissen Sie, warum Sie hier sind!“, fragte sie und schaute alle abschätzend an.
„Ja, das kann ich mir vorstellen, aber ich weiß nicht, was ich mit der Sache zu tun habe!“, schrie Rolf ohne Aufforderung in den Saal.
„Ich weiß schon gar nicht, was meine Freundin mit der Sache zu tun hat. Sie hat nur bei mir übernachtet. Mehr war da nicht!“, fügte er noch hinzu.
Die Richterin schwieg und schaute Breitner bohrend an.
„Wissen Sie das wirklich nicht, Herr Breitner? In Ihrem Haus wurden Dinge von Herrn Regen aufgefunden, die auf ein Verbrechen schließen lassen. Das hat man Ihnen doch gesagt, nicht wahr?“
Rolf nickte.
„Was denken Sie denn von mir? Matthias ist mein Freund. Glauben Sie denn, ich würde ihm etwas antun?“, jammerte er. „Ich kann das nicht abschätzen, Herr Breitner. Ich würde Ihnen gerne Glauben schenken, aber was meinen Sie, wie oft ich hier angelogen werde. Aufgrund der hier vorliegenden Fakten muss ich davon ausgehen, dass Sie und Ihre Freundin den Matthias Regen entführt und ihm Gewalt angetan haben. Deshalb kann ich Ihnen nur raten, hier Licht in die Sache zu bringen! Ich gebe Ihnen Gelegenheit, sich zu dieser Sache zu äußern. Aber noch sind Sie nicht an der Reihe!“
Sie setzte sich eine schmale Nickelbrille auf die Nase und blätterte in den Unterlagen auf ihrem Schreibtisch.

„Fangen wir mit Ihnen an, Frau Heinrichs. Wir nehmen zunächst Ihre Personalien auf. Berichtigen Sie mich bitte, wenn etwas nicht stimmt. Sie heißen Brigitte Heinrichs und sind am 01.07.1960 in Grevenbroich geboren. Sie wohnen in Grevenbroich, Südwall 127“.

Biggi bestätigte alles mit einem gehauchten „Ja“.

Die dicke Frau an der Schreibmaschine schrieb diese Worte in einem rasenden Tempo mit. In den Sprechpausen begab sie sich in eine Wartestellung, als ob sich ein Sprinter in die Startblöcke begibt. Dabei hielt sie die Hände kurz über der Tastatur der Maschine, um im nächsten Moment wieder loszulegen.

“Schildern Sie uns bitte, wie die Angelegenheit sich zugetragen hat!“, forderte die Richterin Biggi auf.

Sie wusste nicht so recht, was sie sagen sollte und erzählte einfach freiweg, was sie auch schon der Polizei gesagt hatte. Offensichtlich schien die Richterin ihr zu glauben und ging ohne großartige Unterbrechung auf Breitners Personalien und seine Einlassung ein.

„Herr Breitner erzählen Sie uns doch bitte noch einmal mit eigenen Worten, wie es sich zugetragen hat und warum die persönlichen Sachen des Herrn Regen in einer Feuerstelle auf Ihrem Grundstück gefunden wurden. Besonders interessiere ich mich für die Blutspuren in Ihrem Wohnzimmer!“, sagte sie und schaute mit kraus gezogener Stirn über die Brille.

Rolf starrte sie nur an und schwieg. Minutenlange Stille lag in der Luft, ehe er das Wort erhob.

„Liebe Dame, was stellen Sie sich denn vor? Sie haben doch keine Ahnung! Denken Sie, ich bin ein Tonbandgerät oder ein Papagei, der alles wiederholt. Das, was ich ausgesagt habe, steht dort in den Protokollen der Polizei. Mehr sage ich nicht!“

Sichtlich verärgert begann die Richterin in den Kommentaren zu blättern und machte handschriftliche Notizen. Nach einer Weile stand sie auf, um ihre Entscheidung zu verkünden. „Frau Brigitte Heinrichs steht zum Zeitpunkt der bisherigen Ermittlungen nicht im Verdacht, in die Entführung des Matthias Regen involviert zu sein. Sie ist ab sofort zu entlassen. Es wird jedoch eine wöchentliche Meldepflicht erhoben. Frau Heinrichs, darf den Bereich der BRD nicht verlassen und hat sich auf ihrer zuständigen Polizeidienststelle zu melden, bis die Ermittlungen abgeschlossen sind. Herr Rolf Breitner steht im Verdacht, einen erpresserischen Menschenraub gemäß § 239 a StGB begangen zu haben. Es besteht der Haftgrund der Fluchtgefahr. Die Untersuchungshaft ist bis zum nächsten Haftprüfungstermin angeordnet."
Seelenruhig stand Rolf von seinem Platz auf und ging auf Biggi zu. Mit großen Augen schaute sie ihn an. Er grinste und gab ihr einen Kuss auf den Mund.
„Halt Dich, mein blonder Engel! Du hast es verdient!"
Ohne Ankündigung nahm er Anlauf und rannte auf das offen stehende Fenster zu. Mit einem Satz sprang er auf die Fensterbank und hangelte sich an einem Fallrohr der Dachrinne bis auf die Straße. Die im Raum anwesenden Polizisten waren wie erstarrt und verharrten mit offen stehendem Mund auf ihren Plätzen. Jonas Reisholz war der Einzige im Raum, der auf Breitners spontane Situation reagierte, und sprang ebenfalls aus dem Fenster, um die Verfolgung aufzunehmen. Wiedlof folgte ihm verspätet und nahm etwas umständlicher den gleichen Weg über die Fensterbank. Alle im Raum anwesenden Personen, einschließlich der Richterin, drängten sich am Fenster, um zu sehen, was sich auf der Straße abspielte. Reisholz saß auf dem Gehweg und hielt sich mit beiden Händen seinen

Unterschenkel. Offensichtlich hatte er sich bei dem Sprung aus der ersten Etage des Gerichtsgebäudes verletzt.
In der Manier eines Zehnkämpfers sprintete Breitner los, dicht gefolgt von Wiedlof, der seine Dienstwaffe zog und bereits mehrere Warnschüsse abgegeben hatte. Auf der Straße brach ein Tumult aus. Passanten gingen in Deckung oder brachten sich mit aufgeregten Schreien in Sicherheit. Breitner lief den Gehweg entlang, direkt auf einen kleinen Park zu. Wiedlof folgte ihm keuchend. Er hielt immer noch seine Dienstwaffe in der Hand.
„Bleiben Sie stehen, Breitner, sonst mache ich von meiner Waffe gebrauch!“ keuchte er völlig außer Atem.
Rolf Breitner ließ sich nicht aufhalten und verschwand hinter einer Baumgruppe. Als Wiedlof die Stelle erreichte, war Breitner wie vom Erdboden verschluckt. Völlig ausgepumpt ging er den schmalen Weg entlang und wartete förmlich auf einen Angriff. Aber nichts geschah. Er blieb stehen und lauschte. Vielleicht konnte er seinen Atem hören. Aus der Ferne vernahm er das Martinshorn eines heraneilenden Streifenwagens und die hektischen Rufe und Befehle von den Verfolgern.
„Wo steckt der Kerl? Der kann doch nicht vom Erdboden verschluckt worden sein?“, fragte er sich.
Er hatte eine große Rasenfläche vor sich, die von dichtem Strauch- und Buschwerk umgeben war, und hielt nach wie vor seine Dienstwaffe fest umklammert, entschlossen, sie auch zu benutzen, wenn Breitner ihn angreifen sollte. Dort! Ein Knacken hinter der alten Eiche. Er hielt inne und lauschte. Wieder dieses Geräusch. Langsam ging er auf den Baumstamm zu. Mit dem Mut der Entschlossenheit sprang er mit vorgehaltener Waffe vor. Der Hahn war durch die Warnschüsse bereits gespannt und es bedurfte nur noch einer kleinen Kraftanstrengung, um die Waffe auszulösen.

Hinter einem dicken Baumstamm sah er einen dunklen Schatten. Wie erstarrt blieb er stehen und schaute in das Gesicht eines kleinen Jungen, der völlig verängstigt auf dem Boden saß.
„Mensch, was machst Du denn hier. Bist Du denn wahnsinnig. Fast hätte ich auf Dich geschossen!"
Der Junge begann zu weinen.
„Bitte tun Sie mir nichts. Ich habe nur hier gespielt!" heulte der Kleine, völlig außer sich.
Wiedlof steckte seine Waffe in das Holster und kniete sich neben den Jungen.
„Du brauchst keine Angst zu haben! Ich bin von der Polizei. Ich bringe Dich jetzt weg von hier!"
Erstaunt schaute der Junge ihn an.
„Was, Du bist ein Polizist? Was machst Du denn hier?", fragte er interessiert.
„Ich suche einen Mann, der jemandem etwas Böses angetan hat und vor der Polizei geflüchtet ist, verstehst Du?"
Völlig verwandelt stand der Junge auf.
„Klar verstehe ich das. Ich bin doch nicht blöd! Gibt es für den auch eine Belohnung?"
Man konnte Wiedlof anmerken, dass er genervt war, aber was sollte er tun.
„Ja, ich könnte mir vorstellen, dass es eine Belohnung gibt. Aber genau weiß ich das auch nicht! Wieso fragst Du mich denn? Hast Du gesehen, wo der Kerl hingelaufen ist?", fragte er überrascht.
Der Junge überlegte kurz.
„Ja, habe ich. Wenn Sie mir versprechen, dass ich eine Belohnung kriege, sage ich, wo der sich versteckt hat!"
„Ich kann Dir zumindest versprechen, dass Du mich bei der Polizei besuchen darfst und wir dann eine Runde mit der Funkstreife fahren! Reicht Dir dies erst einmal?"

„Ja, ich glaube, das lohnt sich. Kommen Sie, ich zeige Ihnen, wo der sitzt!“
„Nein! Du sollst mir das nicht zeigen. Es reicht schon, wenn Du mir sagst, wo das ist. Ich werde es dann schon finden. Es ist wahrscheinlich etwas zu gefährlich für Dich, wenn Du mich begleitest!“
„Na gut! Sehen Sie dort den alten Brunnen mit dem Holzverschlag dahinter?“
Der Junge zeigte auf eine Stelle, die etwa zweihundert Meter von ihnen entfernt war.
„Der Mann ist über den Rasen gelaufen und sitzt in dem Brunnen. Das ist in Wirklichkeit gar kein Brunnen, sondern nur eine kleine runde Mauer, mit einem Loch in der Mitte!“, berichtete er freudestrahlend.
„Danke, mein Kleiner! Ich werde mal sehen, ob es auch stimmt, was Du mir gesagt hast!“
Vorsichtig schlich sich Wiedlof an den alten Brunnen heran. Die Öffnung war mit einem schrägen Schindeldach verkleidet, unter dem eine Winde mit einem festgekettetem Holzeimer hing. Mit blindem Vertrauen auf die Aussage des Jungen stellte sich Wiedlof vor dem Brunnen mit gezogener Waffe auf. „Kommen Sie raus, Breitner. Sie haben verloren. Jeder Fluchversuch ist sinnlos. Ich werde schießen, das kann ich Ihnen versprechen, wenn Sie versuchen abzuhauen!“
Tatsächlich strecke Rolf Breitner seinen Kopf heraus und schaute sich um.
„Das kann doch wohl nicht wahr sein! Wie haben Sie mich denn gefunden?“, fragte er erstaunt.
„Das lassen Sie mal meine Sorge sein! Kommen Sie mit erhobenen Händen raus.“
Umständlich kletterte Rolf Breitner über die Mauer und schaute Wiedlof hasserfüllt an. Wiedlof nahm seine Hände nach hinten und legte ihm eine Handfessel um die

Handgelenke. Widerstandslos führte er ihn durch den großen Park zurück zur Straße, wo sie von einigen uniformierten Polizeibeamten in Empfang genommen wurden, um Rolf Breitner zurück zum Gerichtsgebäude zu geleiten. Biggi stand auf der Straße und sah, wie Breitner mit gefesselten Händen zurückgeführt wurde. Die Beamten gingen nicht gerade zimperlich mit ihm um. Er ging schweigend an ihr vorbei und hatte einen starren nach unten gerichteten Blick, aus dem Wut und Resignation erkennbar wurden. Richterin Waal hatte bereits wieder auf ihrem Stuhl Platz genommen und betrachte Rolf gelassen. Als ob keine Unterbrechung gewesen wäre, setzte sie die Verhandlung fort.

„Herr Breitner, ich gehe davon aus, dass sie weiterhin keine Aussage machen wollen. Aufgrund Ihrer spektakulären Flucht hier aus dem Raum wird wohl niemand daran zweifeln, dass die von mir begründete Fluchtgefahr berechtigt ist und Sie mit der Entführung des Herrn Regen zu tun haben. Ich gebe Ihnen nochmals die Gelegenheit, hier eine Aussage zu machen!“, sagte sie mit einer gewissen Überheblichkeit in der Stimme. Breitner schaute nicht einmal hoch. Er wirkte wie ein gebändigtes Tier, das nach dem Einfangen immer noch zitterte, und schaute schweigend stur auf den Boden. Im Saal herrschte absolute Stille. Plötzlich starrte er die Richterin mit weit aufgerissenen Augen und einem entsetzten Gesichtsausdruck an. Er glaubte, ihr graues Haar, sei Rauch, der aus ihrem Kopf aufstieg. Ihre Nase wurde immer länger und berührte das Papier auf dem Schreibtisch.

„Ich habe Angst vor Ihnen. Ich weiß, was Sie von mir wollen. Ich war schon einmal im Knast. Mit dieser Sache habe ich nichts zu tun. Lassen Sie mich in Frieden. Ich will hier raus!“, brüllte er völlig außer sich.

Seine Worte schienen die Richterin nicht sonderlich zu beeindrucken.
„Mäßigen Sie sich!“, mahnte ihn Dr. Waal und blätterte weiter in ihren Unterlagen.
Außer dem wilden Schnaufen von Breitner herrschte Totenstille im Raum. Nach endlosen Sekunden wandte sie sich an die Schriftführerin und diktierte: „Gegen Herrn Rolf Breitner wird die Untersuchungshaft angeordnet. Er steht in dringendem Verdacht, mit der Entführung des Matthias Regen zu tun zu haben! Der nächste Haftprüfungstermin ist in sechs Wochen. Die Verhandlung ist geschlossen!“
Zwei Beamte brachten ihn zu einer Türe, die eine Treppe zum Kellergewölbe des Gerichtes freigab und direkt zum Untersuchungsgefängnis führte. Rolf Breitner ließ sich willenlos abführen und blickte sich nicht einmal nach ihr um.

Mit einem Taxi machte sich Biggi auf den Weg zum Waldhaus. Dort fand sie ein Großaufgebot von Polizeifahrzeugen und Einsatzkräften vor, die von Schaulustigen begleitet wurden, um sich die Aktion nicht entgehen zu lassen. Ohne großartig aufzufallen, ging sie an den Leuten vorbei und sah im Garten einen kleinen Bagger, der das Erdreich aushob. Reisholz stand auf Krücken in der Nähe und beobachtete die Arbeiten. Er hatte sich bei seinem Fenstersprung das Fußgelenk gebrochen, und trug einen Gipsverband. Normalerweise wäre er vom Arzt krankgeschrieben worden, wollte aber nicht von diesem Fall abgezogen werden, was ihm bei seinem Chef ein sehr hohes Ansehen verschaffte. Als er Biggi bemerkte, humpelte er auf sie zu.

„Was machen Sie denn hier, Frau Heinrichs? Ich hätte nicht gedacht, dass Sie es wagen, hierhin zurück kommen!“

„Das wollte ich auch nicht. Aber nach dem, was heute passiert ist, musste ich zurück! Könnten Sie mir erklären, was Sie hier machen?“, fragte sie höflich.

„Das kann ich Ihnen sagen. Wir suchen die Leiche von Herrn Regen. Die Blutspuren, die wir im Wohnzimmer Ihres lieben Herrn Breitner vorgefunden haben, sind identisch mit dem Blut des Herrn Regen. Wir gehen davon aus, dass hier ein Verbrechen geschehen ist, Frau Heinrichs! Deshalb veranstalten wir hier diesen Aufwand. Allerdings können wir uns alles ersparen, wenn Sie uns weiterhelfen und sagen, wo wir Herrn Regen finden können!“

„Das würde ich gerne tun, aber ich weiß nicht, wo Matthias Regen ist, haben Sie verstanden, ich weiß es nicht!“, schrie sie ihn an.

„Glauben Sie nicht, dass Sie hier wohnen können, Frau Heinrichs. Auch wenn Sie so ahnungslos tun, wie Sie uns immer erzählen. Dieses Haus ist beschlagnahmt. Hier wird

eine Suchaktion gestartet, wie sie noch nie seit Bestehen der Bundesrepublik Deutschland stattgefunden hat, das verspreche ich Ihnen!"
Beharrlich blieb sie stehen und reizte ihn bis aufs Blut. „Sie können mir aber nicht verbieten, auf dem Besitz meines Bekannten zu stehen und Ihre Suche zu beobachten!", antwortete sie trotzig.
Reisholz zog lässig eine Schachtel Zigaretten aus seiner Lederjacke und steckte sich eine an. Er sog den Rauch ein und blies ihn ihr ins Gesicht.
„Nein, verbieten kann ich es Ihnen nicht. Aber ich werde Ihnen das Leben schwer machen!", prophezeite er.
Ihr Wagen stand immer noch an der Stelle, wo sie ihn bei der Ankunft am Waldhaus abgestellt hatte. Natürlich war er bereits von der Polizei durchsucht worden. Demonstrativ setzte sie sich ans Steuer und schaute bei der Aktion zu.
Kurz vor dem Waldhaus stellte Wiedlof den Wagen ab und legte die restlichen Meter zu Fuß zurück. Hin und wieder blieb er stehen und schaute sich um.
„Wo in Gottes Namen hat er die Leiche von Matthias Regen verscharrt?", fragte er sich.
Er hatte schon öfter mit solchen Kalibern Bekanntschaft gemacht. Meist hatte er den Fall gelöst. In dieser Sache keimten allerdings in ihm Zweifel auf, den Vermissten noch zu finden. Als er das Haus erreichte, bemerkte er Biggi Heinrichs in ihrem Wagen. Er blieb demonstrativ neben ihr stehen und grüßte sie mit einem Kopfnicken, wobei er sich ein Grinsen nicht verkneifen konnte. Reisholz hatte ihn auch gesehen und kam auf ihn zugehumpelt.
„Die Arbeiten gehen gut voran. Wenn es so weitergeht, haben wir das Grundstück in zwei bis drei Tagen von links auf rechts gedreht!", sagte er.

Wiedlof grinste immer noch. Er wusste, dass Biggi das Fenster geöffnet hatte und versuchte, jedes Wort von ihnen zu verstehen.
„Ich schätze, den ganzen Aufwand hier können wir uns sparen. Die Leiche werden wir hier nicht finden. Übrigens hat der Breitner einen Selbstmordversuch begangen. Er wollte sich mit einem Gürtel in seiner Zelle erhängen. Allerdings konnte er in letzter Sekunde vom Wachpersonal gerettet werden.“ Reisholz setzte seine Gehhilfe zurecht und stützte seinen Kopf auf die Hand.
„Im Grunde genommen gibt es kein besseres Schuldeingeständnis, als so etwas!“, antwortete er.
Wiedlof schaute hin und wieder zu ihr herüber, um zu sehen, wie sie reagierte.
„So sehe ich es auch. Der hat mächtig Dreck am Stecken und sieht langsam seine Felle schwimmen!“, wiederholte Wiedlof. Übrigens werden wir uns den morgen noch einmal vornehmen und zu den anderen Morden befragen. Vielleicht hat Herr Breitner was zu dem Toten in Grevenbroich, dem erschlagenen Hauswart in Kaldenkirchen, den beiden verbrannten Kindern in Kempen und dem Tod von dem Meindel zu sagen!“, sagte Wiedlof argwöhnisch in die Richtung von Biggi.
Plötzlich konnte sie nicht mehr an sich halten und sprang aus dem Wagen.
„Was haben sie gesagt? Rolf hat versucht sich umzubringen?“, fragte sie erschrocken.
„Allerdings. Zu Ihrer Beruhigung. Er konnte gerettet werden!“, antwortete Wiedlof abweisend.
„Im Gegensatz zu den Opfern von dem Herrn Breitner!“, fügte Reisholz hinzu und wandte sich ab.
„Wie geht es ihm?“, fragte Biggi besorgt.

„Er ist im Gefängniskrankenhaus und wird betreut. Offensichtlich hat er auch Drogenprobleme. Halluzinationen und so!“, antwortete Wiedlof.
„Das dürfte ich Ihnen eigentlich gar nicht sagen, aber ich mache einmal eine Ausnahme, weil sie den Mann so liebenswert finden, ergänzte er und ging zu Reisholz.
Im Gehen drehte er sich noch einmal zu Biggi um.
„Und noch etwas. Unsere Kriminaltechnik hat ermittelt, dass dic Holme der Leiter, auf der Ihr Hausverkäufer sich erhängt hat, tiefer in den Boden eingesunken war, als dies hätte sein dürfen!“
Biggi schaute ihn erstaunt an.
„Und was heißt das?“, fragte sie.
„Ganz einfach. Da hat noch jemand mit auf der Leiter gestanden. Von der Eindrucktiefe zu schließen könnte man davon ausgehen, dass Ihr Freund mit auf der Leiter gestanden hat. Aber wir werden sehen!“, sagte Wiedlof und ließ Biggi stehen.

Eine Kolonne von Polizeifahrzeugen rückte an und machte unmittelbar neben dem Eingang des Hauses halt. Es war unüberhörbar, dass es sich hierbei um eine Hundestaffel handelte, denn die Hunde merkten, dass sie ihren Einsatzort erreicht hatten, und taten ihrer Freude darüber durch lautes und aufgeregtes Bellen keinen Abbruch. Ein Beamter mit einem abgetragenen Overall stieg gemächlich aus dem Wagen und trottete auf Wiedlof zu.
„Sind Sie hier der Einsatzleiter?“, fragte er forsch. „Allerdings, das ist richtig! Mein Name ist Wiedlof. Martin Wiedlof. Du kannst auch Martin zu mir sagen. Das ist mein Assistent Jonas Reisholz. Wenn Ihr Fragen habt oder irgendetwas anderes benötigt, könnt Ihr Euch jederzeit an uns wenden“, bot er freundlich an.
Wiedlof war gut gelaunt. Trotz seiner anfänglichen Zweifel war er war sich sicher, den Körper von Matthias Regen in der nächsten Zeit zu finden. Mittlerweile waren die anderen Beamten ebenfalls aus ihren Fahrzeugen gestiegen und versammelten sich um Wiedlof. Man schüttelte sich die Hände, als ob man sich bereits seit langen Jahren kennen würde. In Wirklichkeit hatte man sich nie zuvor getroffen, da dies eine zusammengewürfelte Gruppe von speziell ausgebildeten Leichenspürhunden aus allen Bundesländern waren und nur für solche Einsätze bereitgehalten wurden. Wiedlof nutzte diesen Auftritt und beobachtete Brigitte Heinrichs aus den Augenwinkeln, um nur keine auffällige Reaktion zu verpassen. Bewusst sprach er zu den nun mittlerweile vollständig versammelten Beamten in Richtung Brigitte, damit sie auch nur jedes seiner Worte verstand.
„Meine Herren, ich bin Ihnen dankbar, dass es in so kurzer Zeit geklappt hat, Ihren Einsatz hier zu ermöglichen. Wie Sie bereits vielleicht erfahren haben, gehen wir davon aus, dass in diesem Haus ein Mord verübt und die Leiche

fortgeschafft wurde. Es ist naheliegend, dass die Leiche des Opfers hier in diesem angrenzenden Wald versteckt wurde. Der Wald erstreckt sich von der Bundesstraße in Richtung der Grenze. Das ist die grobe Richtung nach Venlo. Ich bin mir sicher, wir werden mit Ihrer Hilfe fündig und können die Mörder überführen. Die Einweisung der Einsatzabschnitte dürfte schwierig werden. Deshalb werden wir die jeweiligen Gruppenführer speziell in die Suchabschnitte einführen. Dafür haben wir eigens einen Hubschrauber angefordert, der jede Minute hier eintreffen wird!"

Wiedlof hatte noch nicht ganz ausgeredet, als das Schlagen von Rotorenblättern lauter wurde. Auf einem nahen Gelände ging ein Polizeihubschrauber nieder. Kurzerhand wurden Gruppen eingeteilt, die mit dem Helikopter aufstiegen, um sich ein Bild aus der Vogelperspektive von der Örtlichkeit zu machen. Wiedlof lehnte zufrieden an einem Streifenwagen und beobachtete die Aktion der Polizeikräfte. Wie aus dem Nichts stand Brigitte Heinrichs plötzlich neben ihm.

„Glauben Sie nicht, dass dies ein bisschen viel Aufwand ist?", fragte sie argwöhnisch.

Mit abschätzendem Blick schaute er sie an und schwieg.

„Rolf Breitner ist kein Mörder, das können Sie mir glauben. Er hat ein schweres Leben gehabt. Außerdem war Matthias Regen sein bester Freund!"

„War? Das ist ja interessant. Ist er es nicht mehr oder lebt er vielleicht nicht mehr?", fragte er und lachte angewidert. „Frau Heinrichs, Sie können gewiss davon ausgehen, dass wir die Leiche von Regen in den nächsten Stunden hier finden werden. Das heißt auch, dass wir auch Sie festnehmen werden, weil Sie nämlich dabei waren und wissen, wo die Leiche versteckt ist. Jetzt ist Ihre letzte Chance gekommen, endlich einmal reinen Tisch zu machen!"

Er wandte sich ab und ging zu den Kollegen, die gerade mit dem Helikopter gelandet waren. Biggi lief in Tränen aufgelöst hinter ihm her.
„Herr Wiedlof, bitte warten Sie! Ich weiß nicht, ob er den Matthias umgebracht hat. Ich weiß auch nicht, ob er ihn hier verscharrt hat. Bitte helfen Sie mir!"
Wiedlof wartete. Sie kam auf ihn zu und grub ihr Gesicht in seine Brust.
„Beruhigen Sie sich, Frau Heinrichs. Auf diese Masche falle ich nicht mehr herein! Ich mache meine Arbeit und falls nötig, bin ich Ihnen auch noch seelsorgerisch oder auch menschlich behilflich. Mein Job ist es aber, Straftaten aufzuklären und nicht für Sie zu vertuschen. Wenn Sie also wissen, wo sich der Leichnam des Matthias Regen befindet, so sagen Sie es mir bitte!"
Ohne ihm zu antworten, ging sie zurück zu ihrem Wagen. Sie zweifelte, das konnte Wiedlof spüren. Biggi haderte mit sich. Sollte sie der Polizei ihren geliebten Rolf ans Messer liefern. Nein, das würde sie niemals tun. Sie fuhr nach Kaldenkirchen und nahm sich im Hotel Küppers ein Zimmer. Dem Hotelier gegenüber sagte sie, dass auf der Durchreise wäre und das Zimmer nur wenige Tage in Anspruch nehmen würde. Völlig entkräftet legte sie sich schlafen. Es war dunkel draußen und sie fühlte sich schwach und ängstlich. Sie machte sich zurecht und fuhr zurück zum Waldhaus. Die Polizei war mittlerweile abgezogen. Das Haus lag unbeleuchtet in der Dunkelheit. Nur eine nahe Straßenlaterne spendete einen schwachen Lichtschein, der die Umrisse des Gebäudes erkennen ließ. Sie stellte den Wagen in der Einfahrt ab und stieg aus. An der Haustüre bemerkte sie, dass die Polizei ein Siegel auf das Schloss geklebt hatte. Was wollte sie hier eigentlich. Ein direktes Ziel hatte sie nicht. Es behagte ihr einfach nicht, dass man ihr

vorschrieb, wie sie sich zu verhalten hatte. Das Siegel hielt sie aber letztendlich dennoch davon ab, ins Haus zu gehen. Warum sollte sie die Polizei provozieren und sich verdächtig machen. Ein Gefühl von maßloser Ohnmacht überfiel sie. Sie setzte sich auf die Eingangsstufen und rauchte eine Zigarette. Langsam wurde ihr klar, dass die gesamte Situation aus den Fugen geraten war. Breitner saß im Gefängnis, hatte einen Selbstmordversuch unternommen und sie war von allem isoliert. Niemand konnte ihnen etwas nachweisen, solange die Leiche von Matthias verschwunden blieb. Hatten die Polizisten mit ihren Hunden überhaupt eine Chance ihn zu finden? Sie ließ die Nacht, in der sie Matthias verscharrt hatten, noch einmal an ihrem geistigen Auge vorbeiziehen. Es schoss wie ein Blitz durch ihren Kopf. Die Schaufel. Wo war die Schaufel geblieben?
Wie von Sinnen rannte sie um das Haus und öffnete die Türe vom Schuppen. Mit dem Feuerzeug leuchte sie in den dunklen Raum. Dort war sie nicht. Sie erinnerte sich, dass Rolf sie in der Grube zurückgelassen hatte. Langsam traten kleine Schweißperlen auf ihre Stirn. Das Herz begann zu rasen. Sie musste die Schaufel finden und beseitigen, sonst könnte man womöglich ihre Spuren darauf finden. Nein. Niemand sollte ihnen etwas nachweisen. Kurzerhand beschloss sie, noch einmal zu der Stelle zu gehen, wo Matthias begraben war. Es durfte nicht schwierig sein, die Schaufel dort zu finden. Außerdem war Vollmond. Das würde die Suche erleichtern. Sie ging am Haus vorbei und fand auch den Weg, der in den Wald führte. Er war wie eine kleine Allee. Rechts und links von knorrigen alten Bäumen umsäumt. Hin und wieder stand eine Birke dazwischen, deren helle Rinde das schwache Mondlicht fahl und unheimlich reflektierte. Manchmal hatte sie das Gefühl, als ob jemand folgen würde. Von Zeit zu Zeit blieb sie stehen

und horchte in die Dunkelheit, genau, wie Breitner es immer machte. Nach kurzer Zeit erreicht sie die verfallene Kiesgrube und fand auch die Stelle, an der sie sich liebten. Hier würde sie liegen. Mit voller Konzentration suchte sie die nähere Umgebung ab. Ohne Erfolg. War die Polizei schon hier gewesen und hatte die Schaufel gefunden? Nein. Wenn es so gewesen wäre, hätte sie längst Bescheid erhalten. Außerdem war es erst wenige Stunden her, seit die Hunde im Einsatz waren.

Aber es hätte auch sein können, dass Arbeiter die Schaufel gefunden hatten. Eine Schaufel! Was ist schon eine Schaufel? Aber ihre Spuren? Sie überlegte und kam zu der Einsicht, dass es vielleicht besser wäre, noch einmal den Abhang herunter zu klettern und nachzusehen. Vorsichtig rutschte sie den Hang herunter. Es war loses Erdreich, das nachgeschüttet worden war und dauernd nach unten wegbrach. Mühsam glitt sie den Abhang bis zum Grund herab. Die Schaufel blieb verschwunden. Panisch kletterte sie die Böschung wieder herauf. Es war schon ein makaberer Gedanke, dass Matthias hier unter ihren Füßen lag. Sie wollte weg von hier, so schnell wie möglich diesen Ort verlassen und zum Hotel zurückzukehren. Sollte doch die Schaufel bleiben, wo sie war.

Hauptkommissar Wiedlof hatte sich einige Hundert Meter vom Haus auf die Lauer gelegt. Mit einem Nachtglas und einer warmen Jacke ausgestattet, saß er auf einem Hochsitz, von dem er einen idealen Blick auf das Waldhaus hatte.

Reisholz saß im Wagen, da er als Fußkranker nicht in der Lage war, in das Geschehen einzugreifen. Er hatte es sich gemütlich gemacht, indem er sein Bein auf den Beifahrersitz legte und genüsslich eine Tüte Kartoffelchips in sich hinein stopfte.

„Wie sieht es aus Martin? Tut sich schon was?“, fragte er durch den Äther.

Er war durch das Funkgerät kaum zu verstehen, da er den ganzen Mund voll hatte.

„Ich kann mir vorstellen, dass es Dir gut geht, während ich mir hier den Arsch abfriere. Halte bitte Ruhe am Funk, das ist hier in der Stille sehr gut zu hören. Außerdem wäre ich Dir sehr verbunden, wenn Du das Licht im Wagen ausmachst! Das sieht man meilenweit!“, klagte Wiedlof.

Beide hatten aufgrund der guten Zusammenarbeit bei einem Bier Brüderschaft getrunken und Wiedlof hatte Reisholz das „Du“ angeboten.

„Es gibt noch Neuigkeiten!“, meldete sich Reisholz wieder.

„Hörst du mich?“, fragte er.

„Was gibt es?“, antwortete Wiedlof.

„Der Breitner hat Selbstmord begangen. Er hatte Wahnvorstellungen und ist aus dem dritten Stock im Gefängniskrankenhaus gesprungen. Die Ärzte haben festgestellt, dass er ständig unter LSD stand!“, berichtete Reisholz.

„Das ist ja interessant! Alles Weitere später, wer weiß, wer hier noch alles mithört“, sagte Wiedlof.

Gegen 21.00 Uhr tauchten plötzlich die Scheinwerfer eines Fahrzeugs auf, das in langsamer Fahrt auf das Waldhaus zusteuerte. Wiedlof setzte das Nachtglas an die Augen und versuchte, Einzelheiten zu erkennen. Es wunderte ihn nicht, als Biggi mit dem Wagen in die Einfahrt des Waldhauses einbog. Gelassen gab er seine Beobachtung über Funk an Reisholz weiter.

„Ich glaube der Fisch hat angebissen. Die Heinrichs ist gerade mit dem Auto am Haus angekommen!"

Er sah, wie Biggi aufgeregt in den Schuppen rannte und erkennbar etwas suchte. Kurze Zeit später ging sie am Haus vorbei und verschwand in einem dunklen Waldweg. Wiedlof beschloss, ihr zu folgen. Mit zwei Sätzen sprang er die Sprossen der Leiter herunter und lief im Laufschritt hinter ihr her. Schnell erreichte er die Stelle, wo sie im Wald eingebogen war und blieb stehen, um seinen keuchenden Atem zu beruhigen. In einiger Entfernung sah er ihre Silhouette, die sich deutlich vom Waldrand abhob. Er versuchte, ihr so leise wie möglich zu folgen, bloß nicht auf einen trockenen Ast treten oder ein Tier aufscheuchen. Immer bemüht unentdeckt zu bleiben, blieb er von Zeit zu Zeit stehen und horchte in die Nacht. Er erreichte den Rand einer Lichtung und sah, wie Biggi auf Händen und Füßen den Hang einer Kiesgrube herunter rutschte.

„Was wollte sie hier?", stellte sich ihm die Frage.

Nach wenigen Minuten tauchte ihr Kopf am Rande des Abhanges wieder auf. Sie hatte ihn noch nicht bemerkt, obwohl er keinen Meter von ihr entfernt stand. Um so mehr fuhr ihr der Schrecken in die Glieder, als er sie ansprach.

„Guten Abend, Frau Heinrichs! Ich hoffe, Sie sind fündig geworden! Oder vielleicht nicht? Könnte es sein, dass wir längst gefunden haben, was Sie so sehnsüchtig suchen!"

Biggi war fassungslos. Mit weit aufgerissenen Augen starrte sie Wiedlof an.
„Was machen Sie denn hier? Sind Sie mir den ganzen Weg gefolgt oder haben Sie mich hier erwartet?“, fragte sie erstaunt und erschrocken zugleich.
„Ich gehe einmal davon aus, dass ich hier die Fragen stelle! Erklären Sie mir bitte einmal, was Sie hier treiben!“
Biggi druckste herum, fand aber keine plausible Erklärung.
„Wissen Sie Herr Wiedlof. Ich habe bei einem Spaziergang mein Feuerzeug verloren, an dem ich sehr hing. Das habe ich gesucht!“, sagte sie.
„Es war das letzte Geschenk von Rolf!“, fügte sie noch hinzu.
„Das ist doch wohl nicht Ihr Ernst, Frau Heinrichs. Ich glaube eher, dass hier die Leiche von Matthias Regen vergraben ist und sie gerade im Begriff waren, die letzten Spuren zu beseitigen! Deshalb nehme ich Sie erneut fest. Kommen Sie bitte mit!“
Demonstrativ fasste er ihr unter den Arm. Er verzichtete darauf, eine Handfessel anzulegen, zumal er gar keine bei sich trug und ging neben ihr her.
„Ich habe vor einigen Minuten erfahren, dass Rolf Breitner tot ist. Er hat im Krankenhaus Selbstmord begangen!“, offenbarte ihr Wiedlof ohne großartige Rücksichtnahme.
„Was sagen Sie? Er ist tot?“
Sie stieß einen markerschütternden Schrei aus, der ihre Verzweiflung und Ohnmacht zum Ausdruck brachte. Ohne Vorwarnung rannte sie los. Wiedlof wollte sie halten, doch Biggi schlug seine Hand weg.
„Lassen Sie mich in Ruhe. Sie haben mir überhaupt nichts mehr zu sagen!“, schrie sie und rannte in den Wald.
Immer weiter rannte sie ohne Unterlass. Äste peitschten ihr durch das Gesicht. Sie achtete nicht mehr, wohin sie trat. Als

sie auf die morsche Abdeckung des alten Brunnens geriet, gab diese nach und sie stürzte ins dunkle Verderben, irgendwo in der Nähe von Rosas Kopf.

Am Fuß einer großen Sand- und Schutthalde hatte sich ein gewaltiges Polizeiaufgebot versammelt. Viele der Beamten trugen graue Overalls. Einige lehnten vor den Fahrzeugen und rauchten.

„Man hat sie noch immer nicht gefunden“, sagte Reisholz.

„Vielleicht ist ihr der Boden hier zu heiß geworden und sie hat sie sich abgesetzt!“, spekulierte er.

„Mag sein“, antwortete Wiedlof.

„Wichtig ist, dass die Suche nach Mathias Regen fortgesetzt wird. Auch ohne ihre Hilfe. Sie hätte sowieso nichts gesagt!“, stellte er nüchtern fest.

Auf ein Zeichen von Wiedlof stieg ein Arbeiter in einen riesigen Bulldozer und begann genau an der Stelle das Erdreich abzutragen, wo Wiedlof Biggi Heinrichs am Abend zuvor angetroffen hatte. Immer wieder suchten die Polizeihunde, die von den Beamten an langen Leinen geführt wurden, den steilen Hang ab. Plötzlich schien es, als ob einer der Hunde eine Witterung aufgenommen hätte. Mit knatterndem Motor setzte sich der Bulldozer in Bewegung und fuhr genau auf die Stelle zu, die der Hund anzeigte. Mit vorsichtigen Schaufelbewegungen trug das Fahrzeug an dieser Stelle das Erdreich ab. Nun waren wieder die Hunde an der Reihe. Zwei Hundeführer hatten sich schon bereitgestellt. Langsam ließ der erste Beamte den Hund suchen. Mit voller Konzentration suchte der helle Labrador das Erdreich ab. Als er die Mitte des Hanges erreicht hatte, war er nicht mehr zu halten. Laut verbellend hatte er offensichtlich eine Fährte aufgenommen. Immer wieder setzte er seine Nase auf das Erdreich und grub aufgeregt mit den Vorderpfoten kleine Löcher, so als ob er sich eine bessere Orientierung verschaffen wollte. Behutsam senkte sich an dieser Stelle die Schaufel in die Erde und räumte sie zur Seite. Plötzlich rollte ein in Folie verpackter Gegenstand auf den Boden der Grube. Sofort trieb mit den eisigen Nebelschwaden ein Verwesungsgeruch über die Szenerie.

„Die Suche hat ein Ende. Wir haben ihn gefunden!“, sagte Wiedlof bewegt.

„Aber wir können seinen Mörder nicht mehr zur Rechenschaft ziehen, da er sich selber gerichtet hat und seine dunklen Geheimnisse mit ins Grab nimmt!“

Alle hier genannten Personen und Handlungen sind frei erfunden. Sollten Ähnlichkeiten mit tatsächlich existenten Personen oder stattgefundenen Handlungen entstanden sein, oder sollte ein solcher Eindruck entstehen, so ist dies meinerseits nicht gewollt oder beabsichtigt sondern wären rein zufällig.

Zum Autor:

Johannes Hahnefeld lebt mit seiner Frau am Niederrhein in der Nähe der niederländischen Grenze. Seine große Leidenschaft war von jeher das Schreiben und die Musik. Insbesondere Krimis mit regionalem Bezug faszinieren den lesebegeisterten Johannes Hahnefeld schon seit geraumer Zeit. Seiner Erfahrung als Kriminalbeamter und Kriminalschriftsteller ist die große Authentizität seines Kriminalromans zu verdanken. Er wählte das Genre des dokumentarischen Romans, weil es ihm als angemessenes Medium erschien, Gegebenheiten und Fiktion zusammenwirken zu lassen, um auf diese Weise zu einer schlüssigen Analyse zu gelangen.

In Vorbereitung:

„Semjas Auftrag“ – der besondere Krimi

47026567R00110

Printed in Poland
by Amazon Fulfillment
Poland Sp. z o.o., Wrocław